# 下級巫女、行き遅れたら能力上がって聖女並みになりました 2

富士とまと

Tomato Fuji



RB

レジーナ文庫

登場人物紹介
謎の男
各地でハナと遭遇する、
金髪碧眼の美青年。
ハナを聖女と崇めるが、
その真意は……？
素顔は…
金髪に紫の瞳の色白美人。
ハナ
キノ王国の駐屯地で働いていた巫女。
聖女候補であるルーシェのお付きとして、
ミーサウ王国へ向かうことに。
普段は眼鏡にマスク、ひっつめ髪の
イケていない格好だが、実は美人。
長年の努力で、癒しの能力が
聖女並みに上がっている。

マーティー
駐屯地の将来有望な若い兵。
ハナを慕い、ミーサウ王国では
護衛の任につく。

ガルン
キノ王国の駐屯地をまとめる総隊長。
侯爵家の跡継ぎだが、
そう見えないくらい庶民的。

イシュル
ミーサウ王国の王子。
真面目で礼儀正しい少年。

ルーシェ
キノ王国の聖女候補。
自分に自信がなく、次期聖女の
立場を重く感じている。

# 目次

# 下級巫女、行き遅れたら
# 能力上がって聖女並みになりました 2

# 第一章　行き遅れ巫女、聖女の影武者になる

「うん、王都の様子もだいぶ落ち着いたみたいね」

ガタガタと揺れる馬車の中、カーテンの隙間から通り過ぎる街並みを眺める。

「ハナ巫女のおかげね」

逆側の窓から外を眺めていたルーシェが、私に笑顔を向けた。

今、私とルーシェが乗っているのは、キノ王国の王城を出発し、ミーサウ王国に向かう馬車だ。

この世界には癒《いや》しの力を持った「巫女」と呼ばれる女性たちがいる。

巫女の中で最も力の強い者は、聖女と呼ばれる。

上級巫女は、命にかかわる大怪我や大病を完治させられる力を持った者。

中級巫女は、完治まではいかないものの、命をつなぐことができる力を持った者。

下級巫女は、かすり傷を癒《いや》したり、少しだけ熱を下げる程度の力を持った者。

ルーシェは聖女候補だ。本来なら最底辺の下級巫女の私と行動をともにするようなことはないいんだけれど。

……ここ数日の出来事を思い出す。

私たちが暮らすキノ王国で、感染力が強く、体力のある兵たちも次々に倒れていくほど強力なはやり病《やまい》が広がった。

多くの人が亡くなってしまい、一時はどうなるかと思った。けれど、癒《いや》しの力を持ったたくさんの巫女たちの働きで近く収束しそうだ。

「ハナ巫女が、巫女が巫女を癒《いや》すと魔力も回復するから、多くの人を癒《いや》すことができるって発見したおかげ」

「発見といっても、偶然知っただけだし。皆が救われたのは私の力じゃないわよ。キノ王国の巫女たちが懸命に癒《いや》しているからね」

国中を襲ったはやり病《やまい》で多くの人が犠牲になることを、誰もが覚悟した。街の神殿の中級巫女たちが治療にあたっていたけれど、一日に癒《いや》せる人数に限りがあり、病《やまい》の広がりを食い止められずにいた。……それどころか、無理に治療にあたって命を落とす巫女もいた……。

もっと早く、魔力を回復させる方法を発見できていたら、あの街の神父様の妻、シャナ巫女も死なずに済んだかもしれない。形見にもらった「巫女の花」という赤いかわいい花の刺繍《ししゅう》が施《ほどこ》されたハンカチを、ポケットの中で握り締める。

巫女が巫女を癒《いや》せば、魔力が回復する。巫女が二人いれば、お互いに癒《いや》しながら何人も癒《いや》せる――。その方法を発見したのは私かもしれないけれど、そのおかげで国が救われたとは思わない。

私は、下級巫女で癒《いや》しの力は弱い。「行き遅れ」と言われるまで長年力を使い続けて、能力が上がったので少しは役に立てたと思う。けれど、他の巫女がいなければ救えなかった。皆のおかげだ。

もちろん聖女候補であるルーシェも必死に人々を癒《いや》してきた。

「私たちが行く、ミーサウ王国には聖女様がいないんだよね？　巫女だけじゃ病《やまい》を収束させられないのかな？」

長年国境で睨《にら》み合っていた敵国ミーサウ王国は、聖女不在の国といわれている。

「巫女の数も少ないと聞いているけれど、どれくらいの巫女がいるんだろうね……」

巫女が巫女を癒《いや》して魔力を回復するという方法を伝えてもそれを実行するだけの巫女がいない。だから、はやり病《やまい》をどうすることもできずに戦争の降伏状が送られてきたのだ。降伏の条件は「聖女を送ること」だ。

しかしキノ王国としても聖女を渡すわけにはいかない。そこで、聖女候補であるルーシェを送ることにした。まだ、十三歳と幼いルーシェを。私はルーシェを助けたいと思い、一緒にミーサウ王国へ行くことを決めたのだ。

「大丈夫。たとえ巫女の数が少なくても、ハナ巫女がいれば百人力だもんっ！」

ルーシェが鼻息荒く訴える。

ルーシェが私のことをやたらと持ち上げるのは、一緒にミーサウ王国へと行くことを感謝しているからだろうか。

「あ、王都を出たようね」

カーテンの隙間から外を確認する。周りに建物はなく、王都を取り囲む城壁の外へと出たことが分かる。

「ミーサウ王国まで何日かかるんだったかな」

私の言葉に、ルーシェがごくりと小さく唾をのむ。

そして急に、下を向いて暗い顔になってしまった。やはりミーサウ王国へ行くのが怖いのだろうか。

しばらくして、何かを決心したように顔を上げた。

「ハナ巫女、今ならまだ引き返せる。私のために、ハナ巫女までミーサウ王国へ行く必要は――」

そう言いながらも、ルーシェの手が小刻みに震えているのが見える。

「私、ルーシェが付いてくるなと言っても、ミーサウ王国へ行くわよ？　だって、ミーサウ王国の人たちはやり病《やまい》で苦しんでいるんでしょ？　私、できるだけ多くの人を救いたいもの」

にこりと笑ってみせると、ルーシェがほっとしたように力を抜いた。

「ありがとう、ハナ巫女」

隣に座るルーシェの肩をぽんっと軽く叩きながら、今朝のことを思い出していた。

ルーシェの護衛に付くと紹介されたのは、六名の兵だった。

聖女候補の移動だというのに、馬車も二台だけ。

『何百人と護衛兵を引き連れていって身構えさせないよう、精鋭を用意した』と、眼鏡の痩《や》せた文官から説明を受けた。

確かに、いくら戦争終結の合意がなされたとしても、敵国の兵が大量に国に向かってくれば不安になるかもしれない。でも、六人はさすがに少なすぎないだろうか。大丈夫かなぁ。

少し不安を覚える中、王城の裏口からひっそりと出発することになった。

そう、ひっそり、こっそり。聖女候補とはいえ、まだはやり病《やまい》が猛威を振るっているさなか、国民を癒《いや》しもせずに敵国へ行くことに反対する人もいるだろうという配慮だ。

……と、文官が言っていた。確かにそう言われると辻褄《つじつま》は合うんだけれど。

キノ王国では近くはやり病《やまい》は収束し、軍備を整えられる。

一方ミーサウ王国は、巫女がいなくてはやり病《やまい》の収束のめどが立たず、キノ王国よりも被害が甚大になる可能性が高い。

戦争を再開すれば、キノ王国の勝利は堅い。となれば、戦争再開を望むキノ王国の勢力が、「友好の証《あかし》に送った聖女候補様を死なせるとは許せない」と再び戦火を起こす理由にしたいと思ってるのかもとか。そのためにルーシェを犠牲にするつもりで秘密裏《ひみつり》に出立させたわけじゃないよねとか、つい、いろいろ考えちゃって、なかなか文官の人が言っていることが信じられないんだよねぇ。

実際、特に騒がれることもなく確かに王都は抜けたけれど……

と、こうしちゃいられない。街道を進んでいる間にすることがあったんだ。

「さぁ、ルーシェ。服を取り換えましょう」

私の言葉にルーシェがちょっと困った顔をする。

「ハナ巫女……本当に入れ替わるの？」

聖女の装束《しょうぞく》は特別にあつらえられたものだ。金糸で刺繍《ししゅう》が施《ほどこ》された白い膝丈のベストを、青い帯で結ぶ。中の服はどのようなものでもいいのだけれど、ベストと帯が聖女の目印だ。候補ではあるけれども、聖女としてミーサウ王国へ行くルーシェのためにこの装束《しょうぞく》が用意されていた。

「ええ。道中、聖女をお守りするために身代わりになっていると言えば、護衛たちも文句はないでしょう？　幸い六人しか護衛はいないし」

いつも身につけているエプロンを外しながら、ルーシェの顔を見る。

「でも、もしかしたら……距離を取って他にも護衛が付いているかも」

なるほど、旅人のふりをして付いている護衛……うーん、確かにあるかもしれないけれど。

「まぁ、何か聞かれたらきちんと説明すればいいし。気にしない、気にしない」

きっと、ミーサウ王国ではルーシェの顔は誰も知らないだろう。それに、私のほうが年齢的に聖女っぽい。……ああ、ちょっと年は取りすぎてるけれど、見た目が明らかにまだ子供なルーシェよりはマシなはずだ。

聖女の命を狙う者がいたら、装束《しょうぞく》を目印に私を狙ってくるだろう。

もし、私が傷ついたとしても……

「即死じゃなきゃ、ルーシェが癒《いや》してくれるものね」

よほど腕のよい暗殺者でもなければ即死になることはないよね？

「ハ、ハナ巫女、何を言って……まさか、私が狙われると思って身代わりを……？　聖女扱いされるのが苦手だから身代わりをしてくれるんじゃ……」

おっと。ついうっかり口を滑らせてしまった。

「違う違う。もし、万が一、そういうことがあったとしたらっていう、護衛を納得させられる理由としてね？」

ルーシェがまだ納得していない顔を見せる。

「あと、えーっと、宰相と陛下の言葉、覚えてる？　下級巫女なら惜しくないみたいなこと言ってたでしょ？　私が下級巫女だっていうのは、護衛たちも知ってるけれど、もしかすると彼らもそう思ってるかもしれないじゃない？　賊に襲われた時に、聖女を優先して守るのは当たり前で、私はすぐに捨てられても仕方がないと思ってる。でもこの服着てたらさ、形だけでも私を守らないと賊に怪しまれちゃうから、結果として私も守ってもらえるかもしれないじゃない？」

と、とっさに思いついた言い訳を話す。

「見せてあげればいいいっ」

突然、ルーシェが大きな声を出した。

「ハナ巫女が、私よりずっとずっとすごい巫女だって、見せてやればいいのよっ！」

ああ、私が軽んじられていることに怒ったのか。

「ありがとう、ルーシェ。まぁ、とにかく……ミーサウ王国に入るまではのんびりしてましょう。ミーサウ王国に入ったら――」

ミーサウ王国との国境を越えた後のことを考えると、胸がぎゅっと締め付けられる。

聖女不在で、巫女がほとんどいない国。

過去にミーサウ王国では、巫女を戦争の道具にするため力を使い続けさせた。巫女が子供を産まなかったことで巫女の数は減り、今度は慌てて巫女に無理に子供を生ませた。だけれど巫女が生まれることはなかった。だから今では巫女はほとんどいないと、ガルン隊長が言っていた。

キノ王国と違い、街の神殿に巫女が常住していることはないんだろう。苦しんでいる人たちのいる街や村を素通りできるだろうか……

聖女の装束《しょうぞく》を身につけてから、ふと考える。ひっつめた髪に、大きな眼鏡とマスクはどうしようか。さすがに聖女っぽくないからやめたほうがいい？　でもはやり病《やまい》がうつるといけないし、外さなくても大丈夫よね？

「その恰好は？」

しばらくして休憩を取る場所で馬車を降りると、護衛兵たちに怪訝《けげん》な顔をされた。

「……と、いうわけなので服を入れ替えたんです」と、馬車の中で考えた話をすると、六人のリーダーらしき四十歳前後の兵が納得したように頷いた。一人だけ騎士の恰好をしているこの兵は、確かダージジリ隊長と呼ばれていた。……隊長……

同じ隊長でも、ずいぶんガルン隊長とは風貌が違う。ガルン隊長は長身で、鍛え上げた筋肉が全身を覆っていた。騎士だというのに髪も整えず、無精ひげもそのままのことも多かった。それは、身なりを整えるよりも優先するべきことがたくさんあったからなのだと今では分かる。

一方、目の前に立つダージジリ隊長は、薄くなった髪の毛を整髪料できっちりと整え、口髭《くちひげ》を丁寧に作り、香水までふりかけている。とても鍛えているとは思えないひょろりとした体つきだけれど、隊長を任せられるくらいだからそれなりの実力はあるのかな？

「確かに、そのほうが守りやすいかもしれないな。おい、事情を説明してこい」

説明？　命じられた兵が馬に乗り、どこかへ駆けていった。

「やっぱり、他にも護衛がいるみたいね」

ルーシェが声を潜《ひそ》める。そうなのかな。……ってことは、ルーシェを犠牲にするつもりはない？　いやいや、まだ油断はできないよね。

「どうぞ」

護衛兵の一人が、水分の多いフルーツを差し出してくれる。侍女を一人も連れていないので、お茶一つ出ない。……というか、私がやってもいいんだけれど、聖女のふりをした今、私が率先して動いてるのを第三者に見られたらおかしいよね。

「ありがとう」

マスクを外して果物に歯を立てようとしたところで、後ろから伸びてきた手にマスクを戻された。

「ハナ巫女……駄目ですよ。人前で顔をさらしては」

ん？　この声……？

「マーティー、どうしてあなたが！」

振り返ればマーティーがいた。

隊で上位の実力者に与えられる称号――ナンバーズの一人で、槍の三番手だ。

マーティーは駐屯地の兵で、騎士になる試験を受けるために王都に向かったんだよね。はやり病《やまい》で試験はどうなるか分からないとはいえ、なんで、ミーサウ王国へ向かう私たちのところにいるの？

「マーティー、だってあなたに、ガルン隊長宛の手紙を持っていってもらったわよね？　そのままガルン隊長のもとに戻るように、手紙に書いたはずだけど……」

だけどマーティーは私の言葉を無視して、ダージリ隊長に向き直る。

「お前は？　追加の護衛か？」

ダージリ隊長がマーティーに話しかけた。

「マーティーと申します。僕は聖女一行の護衛ではありませんので、ダージリ隊長の指揮下には入りません」

「なんだと？　じゃあ、何しに来た？」

マーティーが私の顔を見る。無造作に後ろで束ねた黒い髪。ああ、マーティーも髪を整えるよりも訓練していたほうがいいというタイプなのかもしれないなぁ。でも長い前髪は少し切ったほうがいいですよ。視力が悪くなるから。

やがて、涼やかな目がふっと優しく笑う。

「僕は、ハナ巫女の護衛です」

「何を？　下級巫女に護衛が付くなど聞いたこともない！」

ダージリ隊長がマーティーを睨《にら》みつけた。

「誰の手の者だ？　同行を許されるとでも思っているのか？」

ダージリ隊長が腰に下げた短剣の柄《つか》に手をかける。

すると、マーティーが手にしていた短剣を鞘《さや》ごとダージリ隊長へ差し向けた。

「僕は、ガルン隊長——ファシル侯爵家より遣わされました。ディリル領をはやり病《やまい》から救った、ディリルの聖女ともいうべきハナ巫女を守るために」

うひゃー。マーティー、ちょっと、マーティー。

ディリルの聖女って何、それ。

「領都を救ったのは、私の力じゃなくて、皆が頑張ったからだよ？」

確かに、巫女が巫女を癒《いや》すという方法を伝えたから助かったということはあるだろう。だけれど、実際に癒《いや》しを頑張ったのは、領都の中級巫女と見習い巫女たちだ。それから初めはやる気がなかった上級巫女のピオリーヌ様とシャンティール様のお二人の力も、なくてはならないものだったし。それに、同じ下級巫女であるマリーゼも頑張った。決して私だけがディリル領を救ったわけではない。

「下級巫女がディリルの聖女？　ふっ、おかしな話だな？　それを信じろと言うのか？」

ですよね、分かってくれます？

「帰れ。帰ってファシル侯爵家に伝えろ。下級巫女に護衛はいらない……と」

ダージリ隊長の言葉を聞いて、マーティーは短剣を引き抜いた。

「マーティー何をするのっ！」

ズシュッと、嫌な音が聞こえた。

マーティーの持つ短剣が、マーティーの腹に突き立つ。

「な、なんてことを！　マーティー！」

自分で自分のお腹を刺すなんて！

「何を考えているっ！　正気か？」

ダージリ隊長も理解しがたいと言わんばかりに動揺した声を出す。

「正気ですよ。ハナ巫女の護衛として認めてもらうには、これが一番手っ取り早いと思ったから」

「【癒《いや》し】」

なるべく血が流れないように、短剣を引き抜くタイミングで癒《いや》しを施《ほどこ》す。

それでも、服の穴の開いたあたりは血でかなり汚れてしまった。

「ふっ。ハナ巫女の癒《いや》しは気持ちがいい……」

「バカっ！　何言ってるの！　自分で自分を傷つけるなんて、もう一度同じことをしたら、今度は癒《いや》してあげませんからね！」

私が怒っているのに、マーティーは笑っている。

「知ってる。そう言って、ハナ巫女はいつも癒《いや》してくれるんだ」

「マ、マーティー……！」

もしかして、癒《いや》さないと言いつつ癒《いや》してしまうって見抜かれてるから、ガルン隊長も懲《こ》りずに怪我をこさえてくるんだろうか？

マーティーは制服のボタンを外し、短剣を突き刺した腹をダージリ隊長に見せた。

「彼女は下級巫女ですが、護衛が必要な、大切な巫女って分かってもらえました？」

マーティーが挑発的にダージリ隊長に言葉を発する。

「嘘だと思うなら、試してみますか？」

マーティーが血まみれになっている短剣を拾い、ダージリ隊長に刃先を向けた。

「これだけの力……下級巫女というのは、嘘か……。どういうつもりだ。何を考えている、ファシル侯爵家は……」

「何も考えていませんよ。大切だから、守る。それだけです」

マーティーの言葉にも、ダージリ隊長は嘘をつけという疑いの目を向ける。

「仕方がありません。こんなことで信じてもらおうなんて思っていませんが、騎士として中央で働くあなたならば、こちらのほうが説得力ありますか？」

マーティーが私の顔から眼鏡とマスクを外して、すぐに戻した。

するとダージリ隊長は驚いた顔をした後、マーティーの肩をぽんぽんと叩く。

「了解した。マーティーと言ったか。血まみれでうろつかれては困る。着替えて護衛に加われ」

あれ？　なぜか説得されちゃったけど……。あの一瞬で何があったの？

「ふふふ、ふふふふっ」

ふとそばを見ると、ルーシェが笑っている。え、面白いことあった？

「ハナ巫女、兵服を調達して着替えなければいけません。少し離れますが、すぐにハナ巫女のもとに戻ります」

と、マーティーに話しかけられる。

「ちょっと、待って、マーティー。護衛って、ガルン隊長が私の護衛に行けって言ったの？　だって、手紙には……」

駐屯地の仕事を辞めて王都で働きます。今までありがとうございました――と、書いたはずだ。

私らしいと思われるように、「王都で苦しんでいる人たちを見捨てて駐屯地へ戻るなんてできません。勝手を言ってごめんなさい」と理由も書いた。

「手紙に何が書いてあったのか僕は知りませんが、手紙を見たガルン隊長はすぐに『よかったな』とつぶやいていました」

よかったな？　新しいやりがいを見つけたから？

「あと、『アルフォードと会って、うまくいったのか』……と」

は？　うまく？

「アルフォード？　……えっと、氷の将軍のことだよね？　会ってないけど」

王都の人たちを見捨てられないというのは言い訳で、氷の将軍と結婚するから駐屯地を辞めると思われたってこと？　なんで、そんな斜め上の発想になるの？

まあ確かに、行き遅れだと言われる二十四歳にもなって結婚しない理由として、女性たちのあこがれの的である「氷の将軍」が好きだからと言っていた。けれど本当は、恋をして結ばれると巫女は力を失ってしまうから、誰とも結婚したくなかったんだけどね。

周りが「結婚しないのか」とうるさくなってきたころから、面倒くさくなって氷の将軍を言い訳に使っている。とはいえ、行き遅れ下級巫女の私が、氷の将軍のような雲の上の人間を射止められるわけないじゃないねぇ？

「え？　マリーゼ巫女に頼んで、アルフォード様と会う機会を作ってもらったんですよね？　ガルン隊長が言ってましたけど？」

「会う機会？　マリーゼは、確かに『なんとかします』と言ってたけど……」

まさか、ガルン隊長に頼んでいたとは……。どう言って頼んだんだろう。

というか、結局アルフォード様とは会ってないけど……と首を傾げる。

「それで、その……すみません、ハナ巫女っ！」

急にマーティーが頭を下げた。

「これ、本当はガルン隊長からハナ巫女に渡してくれと頼まれたもので……」

マーティーが先ほど腹を貫《つらぬ》いた短剣を私に差し出した。

「ファシル侯爵家の紋章が刻まれているから、何かあれば兵や騎士や貴族にこれを見せれば役に立つかもと……お守り代わりにって……」

「お守り……」

お守りに短剣……ふふ、ガルン隊長らしい。

お守りって言ったら、女性が身につけやすいように、アクセサリー類にするものなんだけどね。

「それを渡しに城に戻ったら、ハナ巫女が聖女候補とともにミーサウ王国に旅立ったと聞いて……すぐに追いかけてきたんです」

そうなのか。あれ？　そのマーティーの言い方からすると……

「私の護衛をしろと、ガルン隊長に言われてきたわけじゃないの？」

それどころか、ガルン隊長はまだ私が王城にいると思ってる？

「あー……」

マーティーがばつの悪そうな顔で頭をかいた。

「僕は、その、ガルン隊長とハナ巫女の連絡係の任を解かれていないので、仕事を続けるためにはハナ巫女のそばにいないと、その……」

うん、そういう意味では任務違反じゃないというのは、分かったけど……

「マーティーは騎士採用試験を受けるために王都へ来たんでしょ？　そっちに集中しなきゃ。私は大丈夫だから」

「僕が大丈夫じゃない。ハナ巫女を一人でミーサウ王国へ行かせるなんて」

「一人じゃないよ？　ルーシェも護衛もいるから」

「護衛は聖女候補であるルーシェ様の護衛でしょう！　ハナ巫女の護衛はいない」

もう、ああ言えばこう言う。どうしたらいいんだろう。

困り果てて、ルーシェの顔を見る。

「私、マーティーがいてくれたほうがいいと思う。だって、知らない人ばかりの護衛より、信用できる人がいてくれたほうが……」

ルーシェの言葉にはっとする。確かにそうかもしれない。もし、ルーシェを犠牲にするつもりであれば、護衛が本当に守ってくれるかも怪しい。

だけど……

「マーティー、本当にいいの？　騎士になるチャンスなのに……」

「ハナ巫女、騎士になることよりも大切なことは世の中にいくらでもありますよ」

そうだけど。でも、私のわがままで……。私がルーシェを守りたいと、ミーサウ王国に行くことで、マーティーの未来を棒に振らせてしまうようなことをしてもいいんだろうか。

「でも……」

「じゃあ、こうしましょう。ハナ巫女」

マーティーが膝をついて騎士の礼をとる。

「ハナ巫女……いいえ、ハナ聖女。道中は、ハナ聖女直属の騎士に任命していただけますか。あなただけのナイトに」

「私の……ナイト……」

馬鹿ね。マーティー。私の騎士になったって、何の得にもならないのに。なんで、そこまでしてくれるんだろう。

「それ、いい考えね！　聖女は聖女近衛隊として何人か取り立てることができるって聞いたことがあるわ。騎士採用試験を受けなくても騎士になる道はある」

ルーシェが楽しそうな声をあげた。

「そうなの？」

「うん。私が帰国して聖女になったら、絶対マーティーを騎士に推挙するって約束する」

「ありがとう、ルーシェ！」

ぎゅっとルーシェを抱きしめる。

——聖女になりたくないと言っていたルーシェが、こうして聖女になったらという前向きな話をしてくれるようになった。……よかった。

「あ、いや、だから、僕は別に騎士になりたかったわけでは……もごもご」

なんかマーティーが言っている。

よく聞こえなくて聞き返そうとしたけれど、出発の時刻になったので会話を中断。マーティーは馬に、私とルーシェは馬車に乗り込んだ。

王都から六日かけて、国境へと到着した。

途中で通り過ぎた街の様子は落ち着いていた。中級巫女と見習い巫女の連携で死者を増やさずに済んでいることが、その理由なんだろう。

よかった。私たちが伝えた方法は、きちんと国中に行き届いて実践されているんだ。

約束の時間になると、国境の向こう側にミーサウ王国の騎士服に身を包んだ少年が一人現れた。

「ようこそ、お越しくださいました」

騎士の最上礼をとり、片膝をつく少年を見ながら馬車を降りる。

「おい、お前一人か？　キノ王国の大切な聖女の出迎えに子供一人をよこすなど、馬鹿にしておるのか！」

ダージリ隊長が、騎士服の少年にすごんでみせる。

「いえ、滅相もございません。あちらに、聖女様のお供をさせていただく者が控えております」

少年が示した場所には、見える範囲だけでも大きな馬車が五台も並んでいた。

「聖女様のお荷物を積み替えさせていただきたいのですが、荷馬車はどちらに？」

少年の言葉に、ダージリ隊長はキノ王国側には二台しか馬車がないことを馬鹿にされたと受け取ったらしい。顔を真っ赤にして怒鳴った。

「ここから先は、ミーサウ王国が聖女様のすべての面倒を見る約束で、こちらで荷物を用意する必要があるなど聞いていない！　それよりも、お前のような少年兵を代表に据えるなど、何を考えているのか」

少年兵だと馬鹿にした言葉にも、少年は平然とした顔をして頭を下げた。

「聖女様、お許しください。動ける人間の中で、一番位が高いのが僕でしたので」

少年がダージリ隊長ではなく、私に話しかける。

見た目は十五歳くらいだけど、やりとりを聞いているともう少し年上にも感じる。サラサラの薄茶色の髪。意思の強そうな立派な眉と優しそうなこげ茶の瞳を持つ、美少年だ。

無視されたような形になったダージリ隊長がさらに怒りをにじませ、少年にあざけりの言葉を投げた。

「ははは、よっぽどミーサウ王国は人材不足と見える。こんな子供が、一番位が高いだと。これじゃあ、騎士全体の能力も知れたものだな！　聖女を遣わせてまで戦争を終わらせなくたって、そんな弱体化した国など――」

うっわー、ダージリ隊長、いくら相手が子供だからって……

「ダージリ隊長、陛下のお決めになったことを批判するような発言はお控えになったほうがよろしいかと」

マーティーがダージリ隊長の背後に回り、小さな声でささやく。

そのタイミングで、私は聖女として挨拶《あいさつ》をする。

「もう、聞き及んでいるかとは思いますが、私は聖女ではなく聖女候補です。こちらは私の補佐をしてくれるルーシェです。それから、私の護衛ナイトのマーティー」

ルーシェとマーティーの紹介もしておく。あえて「護衛ナイト」と言ったのは、失礼なことを言ったダージリ隊長とは別であることを強調したかったから。

なるべくミーサウとも仲良くできたらいいと思う。わざわざ憎しみや戦争をぶり返すような感情を出す必要はない。

「自己紹介が遅れ失礼いたしました。僕は、騎士隊長代理としてお迎えの任を賜《たまわ》った、イシュル・ディウ・ミーサウと申します。イシュルとお呼びください」

「名前にミーサウが……」

国の名前が名前に入っているということは……

「はい。第四王子ですので。兄が即位した後、王家を出て公爵家を興《おこ》せば名前からミーサウは外れますが」

お、お、お、王子？

びっくり仰天。王子がお出迎えにっ！　マスクと眼鏡で顔が隠れていてよかった。もう、なんていうか、絶対驚きのあまり間抜け顔している自信がある。

驚いたのは私だけではなかったようだ。

さんざん子供子供と馬鹿にした発言をしていたダージリ隊長が、真っ青になって震えている。

「では、行きましょう。聖女様、お手をどうぞ」

イシュル殿下が騎士らしい美しい所作で手を差し伸べてくれた。

身長は私よりも十センチくらい低い。キノ王国と同じであれば十五歳から騎士になれるはずだから、そのくらいの年齢ってことだよね。

「マーティーみたい」

ふと、マーティーの顔を見て思い出し笑いをする。

「え?」

マーティーが突然名前を出されて驚きの声をあげる。

「僕と、マーティーは似ていますか?」

イシュル殿下も不思議に思ったのか、首を傾げる。

「ご、ごめんなさい。あの、マーティーも兵になりたてのころは、私より背が低かったんです。だけれど、一年でぐんぐん背が伸び始めて、今ではこんなに大きくなったなぁって感慨深くなってしまって」

ガルン隊長のように、がっしりした体つきではないものの、身長はかなり高いほうだ。

首が痛くなるほど見上げないといけない。

「それは似てると言われて嬉しいです。マーティーのように背が伸びるかもしれないってことですよね」

イシュル殿下が笑ってマーティーを見た。

「お、恐れ多いことです……」

マーティーが困った顔をする。

はい。私も恐れ多いです。目の前に差し出された王子の手を取るなんて……

「イシュル殿下。先ほども申しましたが、私は聖女候補ですので、聖女様ほど位は高くはなく……」

それどころか、本当は聖女候補の影武者の下級巫女だからね。王族を前に言葉を発することすら、本来ならありえないことで……

そう言うと、イシュル殿下は首を横に振った。

「一歩ミーサウ王国に入れば、聖女様です。我々にとっては、唯一無二のお方です」

「唯一無二……」

イシュル殿下の言葉に、ルーシェがほおを染めた。

あ、そうだよね。私じゃなくて、本当はルーシェのことを言っているんだもん。私が

あまり謙遜《けんそん》しすぎると、彼女の立場を貶《おとし》めることになるわけだ。反省です。

ルーシェの身を守るには、聖女候補でも大切にされる必要がある。

「ありがとうございます」

というわけで、素直にイシュル殿下の手を取り、国境を越えた。

「くれぐれも、キノ王国の大切な聖女……頼みましたよ」

ダージリ隊長が含みのある言葉をかけてきた。単に最後に強がっただけなのか、それとも何か深い意味があるのか……

イシュル殿下に手を引かれ連れていかれたのは、五台の馬車とは距離を置いて止められていた、通常の倍ほどの大きさがある馬車だ。今まで使っていたのは、向かい合って座る席があるだけの造りのものだったが、これは乗合馬車のように何十人か乗れそうなサイズ。

その馬車のドアを、イシュル殿下が自ら開く。

「申し訳ない。よもや侍女を一人もお連れしていないとは思わず……。我が国で用意した侍女も、その……」

殿下が言葉を濁《にご》した。その後に続く言葉は何なの？　まさか……？

距離を置いて止めてある五台の馬車を振り返る。なぜ、距離を置いているのか。

なぜ、国境に殿下一人が迎えに来たのか。

王都を出発した時には〝症状のなかった者〟がまざっていたとしたら……

「ルーシェ、行きましょう」

五台の馬車に向かって歩を進める。

「あ、ハナみ……ハナ様！」

ルーシェが慌てて付いてくる。

「ま、待ってください、そちらに行ってはいけません。聖女様、そちらの馬車には……っ！」

イシュル殿下が止めるのも聞かずにずんずん歩いていき、一番手前に止まっていた馬車に近づく。

馬車のドアを開く。この馬車もまた、乗合馬車のような大きさだ。中の造りは簡素で、長椅子がいくつか設置されているだけだった。

もともと乗合馬車だったのかもしれない。

椅子の上と、椅子と椅子の間の隙間に、人が所狭しと寝かせられている。

「駄目です、聖女様にも病《やまい》が……」

殿下が追いつき、私の肩に触れた。

「聖女が、聖女の仕事をするだけです」

にこりと笑って見せてから、馬車に乗り込む。

殿下が馬車の入り口に姿を現し、見知らぬ私が乗り込んできたというのに、寝かされている人たちは何の反応も示さない。

かなりひどい状態だ。でも、大丈夫。右手を一番手前の患者の胸に当てる。

「【癒《いや》し】を……」

ふわりと、周りの空気が少し温まったような感じがする。

手を当てている女性の顔色がみるみるよくなっていく。荒かった呼吸も落ち着き、ゆっくりと目を開けた。

「もう大丈夫ですよ」

「あ……の」

女性の口からかすれた声が漏れる。いったいいつからこの状態だったのだろう。水も飲めていなかったに違いない。ちょっと振り返ると、馬車の入り口まで付いてきていたマーティーと目が合う。

すぐに察したのか、マーティーが小さく頷いて動き始めた。大丈夫。必要なことは、王都でもいろいろと奮闘していたマーティーがやってくれる。私は、患者を癒《いや》すことに専念しよう。ルーシェも、一刻を争う患者に癒《いや》しを施《ほどこ》し始めた。

二人目、三人目と、手前の人から順に癒《いや》していく。女性も男性も同じ馬車に寝かされていたが、分ける余裕はなかったのだろう。それとも、病状の進行具合で分けてあるのか。癒《いや》したのは十名。うん。まだ魔力は大丈夫。

高熱で息も絶え絶えになっていた者たちは、突然体が楽になったことに驚きを隠せないでいた。

「さぁ、次の馬車へ行きましょう」

次の馬車も同じような感じだった。

さらに十名を癒《いや》す。まだ魔力は残っているけれど、次の馬車に向かう途中でルーシェに癒《いや》しを頼む。

「ルーシェ、お願い」

「はい、ハナ様。【癒《いや》し】」

よし。魔力が一気に回復した。

イシュル殿下はもう止めようとせず、茫然と五台の馬車を移動する私たちを見ていた。

「聖女……様」

イシュル殿下のつぶやきが聞こえる。勝手をする私に対するあきらめの声だろうか。

はっと、我に返る。よく考えたら〝王子〟の制止を振り切っちゃったよっ。や、やばい？　でも、病人ほうっておけないし……えーっと、うーんと——そう、罪に問われる時は私だけのせいにして、本当の聖女候補のルーシェは関係ないって主張しよう。

五台目の馬車には、寝ている人はいなかった。まだ少しだけ体力に余裕のありそうな人たちが、馬車の壁にもたれて座ったり、椅子に座ったりしている。

隣の人にもたれかかっている人もいることから、単にもう寝かす場所がないだけという可能性もある。二十名といったところか。

そうして癒《いや》したのは、全部で六十名。馬車の外にいた健康な人は、五名ほどしかいなかったから、ほとんどの人がはやり病《やまい》に罹患《りかん》してしまったんだ。というか、六十名でお出迎えって……キノ王国は護衛が六名しかいなかったから、すごく多い気がするんですが。でもこれが普通だとすると、どれだけキノ王国にひどい扱いをされてたのかってことで……ルーシェが気の毒になる。

最後の馬車での治療を終えて外に出ると、馬車の前には治療が終わった人たちが並んで膝をつき、頭を下げていた。

うっわ、何これ。

「聖女様、ありがとうございます」

先頭にしゃがんでいた、白髪《しらが》が目立つ男が口を開いた。

「ありがとうございます、聖女様！」

すると、それにならい人々が口々にお礼を述べる。あの、いや、ええ?

「顔を上げてください。えっと、聖女ですから、人を治癒するのは仕事ですので……」

聖女といっても、所詮は力の強い巫女だという認識しか私にはない。

巫女の仕事は、下級だろうが、中級だろうが、上級だろうが……そして聖女だろうが、人を癒《いや》すこと。人を救うこと。それだけだ。

「聖女とは、王族専用の巫女様だと……そう聞かされていましたが」

私の目の前に立つイシュル殿下の言葉に、ルーシェが小さな声で話し始める。

「確かに、我が国では巫女の力の強さによって勤務地が異なります……聖女は力が強いため、王都の要人のために城に配置されますので、王族専用と思われがちですが……」

ルーシェが小さくため息を吐いて続ける。

「実際は、聖女といえども癒《いや》せる人数に限りがあり、いざ王族に何かあった時に魔力切れを起こさないために癒《いや》しを控えているだけなんです。もっと多くの人が癒《いや》せれば……いいえ、もっともっと多くの人を救っている人こそ、真の聖女。王族専用の巫女を聖女なんて呼ぶ必要などないのです。だけれど、ハナ様は違います。王族専用の巫女ではありません!」

ルーシェが悔しさというか、自分の力不足にイラついているような顔をする。

「そうですね。王族専用の巫女ではなく、本物の聖女は……単なる役職ではない。聖女候補だと言っていたが……キノ王国は我らに本物の聖女を遣わしてくださったということですね」

イシュル殿下がニコニコと笑いながら、膝を折る。ちょ、一国の王子が、私に対して膝を折るなんて！　いや、今の私は聖女候補の代わりだ。ルーシェを大事にしてくれるってことなんだろう。イシュル殿下は、王族だからって権力で何もかも思い通りにしようとしない、いい子なのかな。

「ありがとうございます。皆を救ってくださり、どう感謝の気持ちを表せばいいのか……」

殿下は、家臣のために頭を下げているんだ。いえ、国民のために。戦争の降伏条件として聖女を派遣してほしいと言ったのは、王族のためではなく国民のためということ？

「我々は、聖女様に心からお仕えしたいと思います」

仕える？　殿下が？　違うよね、聖女が仕えるんだよね？

混乱する私に殿下が頭を下げた後、後ろにいる女性に目配せした。

「はい、私も——聖女様のためなら何だっていたします。メイスーと申します。侍女として何なりとお申し付けください」

私と同じ、二十三、四歳の落ち着いた雰囲気の女性だ。話しやすそうかな。

「ありがとうございます。皆さんよろしくお願いします。その……立ってください。早速出発しましょう」

と、声をかけると一斉に皆が動き出した。馬車の中でぐったりしていた人たちだけれど、もともとは優秀なのだろう。きびきびと自分のすべきことをし始める。

そうして、ガタガタと馬車に揺られて一時間。

馬車の揺れ方が変わった。土の上から、石畳の上を走る揺れ方になったのだ。窓から外を見ると、街の中に入ったことが分かった。

馬車から見える街並みは、キノ王国と少し趣《おもむき》が違う。ああ、異国に来たんだなと実感した。キノ王国では石造りの建物が中心だが、ミーサウでは白壁の建物が多い。壁に土を塗って作っていると聞いたことがある。

しかし、こんなに大勢のお迎えが必要だったのかな？　私とルーシェが乗っている馬車の後ろには、五人の侍女が乗る馬車。その後ろに荷物の積まれた馬車が一台。三台で進むことになった。病人がいた五台の馬車は、置いていくようだ。

私の乗っている馬車の前後左右に、それぞれ馬に乗った五名ずつの護衛。殿下も護衛にまじっている。残りの護衛はどこにいるのかな？　馬車の後ろ？

窓の外から顔を出すのもはしたないかと思ったけれど、好奇心には負けました。

少しだけ馬車の窓から顔を出して後ろを確認する。

「あれ？　いない」

となると、前？

前方を見る。

「いた」

かなり先のほうで護衛たちが街の人たちに何か話をしている。

え？　街の人たち？　もう一度後ろを見る。通ってきた道に人の姿はない。

……護衛たちは、馬車が通るために人にどいてもらっているということ？　まぁ、確かに子供が飛び出して馬車にひかれたりしたら大変だけど。それにしても、街道の脇に寄らせず、姿が見えなくなるところまで行かせるのはなぜ？　暗殺者の心配をしているとか？

「ねぇ、ハナ巫女……街の人たちの姿が見えないけど、どうしたんだろう」

逆の窓から外を見ていたルーシェが尋ねてきた。

「うん、なんか護衛たちがずっと前のほうで、街の人たちに道をあけさせてるみたい」

「道をあけさせてる？　隠しているわけじゃなくて？」

隠すって？　私たちを？　聖女が通るのを隠すの？

それとも、私たちから街の人たちを隠している……？

もう一度窓から外を見る。ずっと先の護衛が、街の人を背負って横道に入っていくのが見えた。

「隠しているんだ……。ルーシェの言う通り……」

窓から顔を出したまま思わず叫んだ。

「馬車を止めて！　止めてーっ！」

馬車が止まると、イシュル殿下がすぐに近づいてきた。

「どうかされましたか、聖女様」

どうしたもこうしたもない。ああ、怒っても仕方がないんだけど、とても嫌な気分だ。

通行の邪魔になるといけないから、道からどいてもらうというところまでは分かる。

だが、これはそんな理由ではなかった。

……人の姿が見えない……。それをこんなに怖いと思ったことはない。

馬車の扉を開ける。

「イシュル殿下、街の人たちはどこですか？　……病気の人たちは？　神殿ですか？」

そう問うと、イシュル殿下が首を傾げる。

「神殿？　いえ、亡くなった者たちは街外れの墓地に運ばれます。司祭がそちらに向かって祈りをささげるので神殿にはおりません」

　は？　亡くなった者？

「亡くなった者ではなく、今病《やまい》で苦しんでいる人たちは、どこにいるのか教えてください。神殿でなければ、どこに治療院があるのですか？」

　キノ王国では神殿、もしくは神殿に併設されるかたちで治療院がある。どの街もそれは同じだ。街のほぼ中央にあり、どこに住んでいても治療を受けに行きやすいようになっている。

「治療院は……ありませんので、それぞれが自宅で静養しているかと」

「治療院がない？」

　意味が分からず、唖然とすること数秒。なぜと尋ねようとして、ガルン隊長の話を思い出す。

　巫女が……巫女がいないからだ。全くいないわけじゃないだろうけれど、地方の街にまで配置できるだけの巫女がいないんだ。

　だけど、巫女がいなくたって、怪我や病気の人に処置をする者は必要じゃないのだろうか。

　冷やせば楽になるとか、動かさないように固定したほうがいいとか、咳には大根をすりおろしてはちみつに混ぜたものを飲ませると楽になるとか……そういう、巫女の癒《いや》し以外の部分で患者にできることはいくらだってあるのに。

それらの知識は、私は巫女見習いの時に神殿で教えられた。だから知っている。

……巫女がいないということは、癒《いや》しを行ってもらえないというだけでなく、こういう知識も継承されていかないということなの？

「殿下、私の顔、どう思います？」

「え？　あの、聖女様の、その……」

突然尋ねられて、イシュル殿下は返答に困っている。そりゃそうだろう。顔を覆う大きなマスクに、大きな眼鏡。髪の毛はひっつめて、見た目がよいとは言いがたい。

「マスクは、病気の罹患《りかん》を防ぐのに効果があります。鼻や口から病《やまい》が入ってくることもあるので、患者を触った手でそこに触れないように。同じく目の粘膜から入り込む病《やまい》もあります。うっかり目をこすってしまわないように、飛び散った血が入らないように……眼鏡が役に立つのです。多くの患者と接して巫女が罹患《りかん》し、それに気付かないまま別の患者にうつしてしまうことがないよう、このような姿をしています」

とはいえ、実際ここまでしている巫女は少ないんだけどね。私の場合は別の理由もあるので……顔色が悪いのを隠すとか、目がかゆくなるのを防ぐとか……

「そうだったのですか！　失礼いたしました。その、顔を隠されているのは何か事情があるからなのだと思っておりましたが……そもそも隠しているのではなく、隠れてしまっているのですね。お恥ずかしながら、ミーサウ王国では過去の過《あやま》ちにより、巫女も、巫女の持つ知識までもが失われてしまいました。無知であることをお許しください」

やはり、そうか。私たちが神殿で見習い巫女の時に教えてもらうようなことすら、伝わっていないんだ。

「ルーシェ、お願いできる？」

ルーシェには、私が何をしようとしているのかすぐに伝わったようだ。

「もちろんです。ハナ様」

一人じゃ無理。でも、ルーシェと二人ならば。

「街の中央に広場のような場所はありますか？　神殿はどこに？」

私の質問に、イシュル殿下に代わって護衛の一人が答える。

「もう少し進んだところが中央広場です。神殿は広場の西側にあります」

「では、私とルーシェをそこに連れていってください。病人を広場に集めて。動けない人は運んでくるように。動ける人には広場に行くように言ってください。返事すらできない人もいるでしょう。息があれば助けられます。いえ、助けてみせるので、もう駄目だろうなんて判断せず、とにかく連れてきて！」

なるべくたくさんの人に声が届くように大きな声を出す。

すると、続けて殿下の声が鋭く飛んだ。

「聞いたか、すぐに動け。一班は北、二班は南、三班は西、四班は東、五班は中央。六班はそれぞれの連絡と街の人たちに触れて回れ」

「……恐れながら殿下、私の力には限界があります。この国の人たちすべてを救うことはできません。目の前にいる人しか救えないので……」

苦しい。キノ王国であれば、この方法を伝えるだけで各地にいる中級巫女と巫女見習いが癒《いや》しを行えるのに。

「次に訪れる予定の街に先触れを。その周りの街々にも、病人にあらかじめ集まってもらうよう伝えてください……それから、巫女の力を少しでも持っている者はいませんか？　弱い力でも構いません」

そう問うと、イシュル殿下が首を横に振る。

「弱い力であろうと、我が国には貴重な人材です。十歳で力があると発覚すれば、王都へ送られます。ですから、王都以外には……」

思わず嫌悪感が顔に出てしまったのだろう。私を見て、イシュル殿下が申し訳なさそうに頭を下げた。

「確かに、王都にいる僕たち特権階級のみが、巫女の癒《いや》しの恩恵を受けていると思われても仕方がありません……」

するると、近くに立っていた侍女のメイスーが慌てて口を開いた。

「ち、違います。確かに、王都に巫女の力のある者は連れていかれますけれど、それは巫女を守るためで……あの、私の妹もほんの小さな力ですが、巫女の力があると言われたので王都に行きました。行かないと……小さな力でも欲する、悪い人たちに誘拐される危険があるから」

誘拐？

「巫女の癒《いや》しを商売にしている人たちがいて、小さな力だとしても、その……藁《わら》にもすがる思いで、人々は救いを求めて大金を積みます。いい稼ぎになるんです。そういう人たちに、巫女の力があると知られたら……だから、妹も王都に行きました。十歳で一人王都に行かせるのはかわいそうだと思って、私も付いていったんです」

巫女を守るために……？

「さすがに王都の警備は厳重です。王都にいれば、守ってもらえます」

そうか。巫女を王都へ連れていくのは、守るという意味合いもあるのか。

「イシュル殿下、頭を上げてください。巫女が足りない現状で、いろいろと大変なことは理解できました。ですが……」

静かに言葉を発しつつ、ごくりと小さく唾を呑み込む。

今、私は、とても大それたことを口にしようとしている。聖女であれば、それほど問題ではないかもしれない。でも、後で偽の聖女だと分かったら、きっと罪に問われるだろう。王子に対して、ただの庶民が言っていい言葉じゃない。でも、言わなければ。

「どうやらミーサウ王国は、間違ったことばかりしているようですね」

間違っているなど、国策を非難するようなことを言うべきではないとは思うけれど……。でも、このままではミーサウ王国の巫女たちがかわいそうだ。

イシュル殿下を見れば、その顔には怒りではなく戸惑いの色が浮かんでいた。

怒っていないことにひとまず胸を撫でおろす。

「病人たちが運ばれてきました」

護衛兵の声にはっとする。そうだ、今は目の前の患者に集中しなければ。

「ルーシェ、行きましょう！」

殿下に一礼して中央広場に向かうと、そこには多くの人が運ばれていた。

「意識のない人から先に癒《いや》します。患者を分けてください。意識のない人、幼い子供や高齢の者、意識はあるけれど自分では動けない者――自分で動ける人はあちらに。それから、ずいぶん飲み物を口にしていない者がいたら、水分を取らせてください。コップ一杯の水に塩を一つまみ、はちみつを半さじ。レモンがあれば絞って少し入れて、水は一度沸騰させて冷ましたものを。それを、大鍋で作って配ってください」

治療院では当たり前に用意されているものだが、ここでは塩やはちみつの調達からしなければならないようだ。分量に関しても、今の説明では足りないかもしれない。

「ルーシェは分かる？」

「はい、もう学びました。指導してきます」

ルーシェに任せよう。とにかく私は……

「【癒《いや》し】」

生まれて間もない赤ん坊。もう、泣く力もない。

だけど、癒《いや》しを施《ほどこ》せばすぐに呼吸が整った。

「ああ、奇跡が……」

憔悴《しょうすい》しきった母親の顔に笑みが浮かぶ。母親にも癒《いや》しを施《ほどこ》さなければ。

「あなたにも【癒《いや》し】を。さぁ、水分を取って、この子にお乳をあげてください」

「ありがとうございます、ありがとうございます」

母親が何度も頭を下げるけれど、答える暇もない。ただその姿を目に焼き付け、よかったと心の中で力に変える。

「【癒《いや》し】を」

意識のない者には多くの魔力が必要だ。二十名も癒《いや》すと、魔力が残り少なくなってきたのを感じる。

「そろそろルーシェに頼まなくちゃ……」

きょろきょろとルーシェの姿を探すけれど、目につくところにはいない。

そうだ。キノ王国では当たり前に持っている治療院の知識を、神殿で働く人たちや動ける人たちに教えに行ってもらったんだ。まだ、戻ってこないだろうか。

近くにいたのはイシュル殿下だった。王子をこき使うなんてと思ったけれど、他に知っている顔がいないので仕方がない。

「大変申し訳ないのですが、ルーシェを呼んでもらえないでしょうか？」

「分かりました。すぐに」

イシュル殿下は嫌な顔一つせずにルーシェを探しに行ってくれた。うん、これ、偽者ってばれたら本当に平伏して謝らなくちゃいけないね。いろいろと……。だけど、兵たちにまじって国民に声をかけながら回っている姿を見るに、イシュル殿下なら許してくれそうな気がする。いい王子だ。

「【癒《いや》し】……」

呼びに行ってもらっている間にも癒《いや》しを続ける。

まだだ……。まだ、魔力は残っている。

「い……や……し」

大丈……ぶ……まだ、目の前には、生死をさまよっている人が……

呼吸が弱い、一分一秒を争う……ルーシェはまだ？　でも、死なせたくない！

「ああ、聖女様が！　聖女様！」

「さすがに聖女様でも、これだけのたくさんの人たちを癒《いや》すのは無理なのか」

「いや、魔力の回復を待たないと駄目なだけで、聖女様は――」

「休ませなければ」

人々の声が遠くに聞こえる。

聖女じゃないよ……

癒《いや》さなくちゃ……

ああ、駄目、私、何……意識が……

「聖女様、大丈夫？　聖女様！」

視界に突然、小さな手が伸びてきた。

「駄目！　ユーカ、駄目！」

女の子が私に手を伸ばすのを母親らしき人が止めている。

「聖女様、元気になって」

十歳前後の女の子が、私の額《ひたい》に手を当てる。

はー、冷たくて気持ちがいい……ん？　あれ？

いつの間にか倒れていたようだ。身を起こす。

「ああ、ユーカ。駄目」

目の前には、母親にぎゅっと抱きしめられているユーカと呼ばれる少女がいた。赤い髪に鼻の頭にそばかすが散った、活発そうな子だ。

「なぜ？　聖女様は私たちを助けてくれたのに、なぜ私は聖女様を助けちゃ駄目なの？」

そうか……このユーカという子が私を助けてくれたのか。

「ありがとう、ユーカ。癒《いや》されたわ」

ユーカに微笑んでお礼を言うと、母親が顔色を変えた。

「いえ、違います。ユーカには何の力もありません、ユーカは……ユーカは……」

え？　でも、魔力切れで倒れた私を癒《いや》してくれたのはユーカで間違いないと思うのだけれど？

不思議に思う私に、ユーカはほっとしたような顔を見せる。

「よかった。聖女様……」

「あなた、巫女の力があるのね？」

私の問いに、ユーカは頷く。ユーカを抱きしめている母親が首を横に振った。

「違うわよね、ユーカ」

「もういいよ、ママ。隠さなくて……。私、ママと離れて王都に行かなくちゃいけないのは辛いけれど……。でも……」

少女の瞳から大粒の涙がこぼれ落ちる。

「皆が死ぬのを見るのはもっと辛い……。私は聖女様ほどの力はないけれど、でも聖女様の疲れを取ってあげられるのなら、それで聖女様が街の人たちを助けてくれるなら……」

少女の気持ちも、母親の気持ちも痛いほど伝わる。

ああ、これはこの国の闇だ。

巫女の歴史は暗い。

大事にされる存在になった今も、巫女の力などなければよかったと隠す人間もいる。

それで、癒《いや》しが国全体で行われない。命が……助かるはずだった命が失われていく。いつまでも巫女の数は増えず、巫女の知識が伝えられていくこともない。

でも、ほんの少しのこと――高熱の時は水分を取るとか、血を止めるために木を挟んだ包帯で圧迫するとか……癒《いや》し以外のほんの少しのことで、助かる命がある。

そういうことすら、この国では伝わっていなくて……巫女がいないのだから仕方がないと命を手放してきたのかもしれない。

そうじゃない。巫女の力に頼らなくてもできることなどいくらだってある。ほんの小さな力しかない……下級巫女ばかりの駐屯地にいたからこそ、分かる。

高熱を出した人の夜通しの看病。高熱が続くと食事も取れない。食事が取れなければどんどん弱っていくばかり。

熱を下げるための方法は額《ひたい》じゃなくて、脇の下を冷やすのだ。時には水を張った桶《おけ》に体を沈める。必要なことだ。他にも、少量で栄養があり消化もよく負担にならない食べ物。咳、鼻水、熱、頭痛、腹痛……それぞれによいとされる食べ物。見習い巫女になるまで私も知らなかったことだ。

はやり病《やまい》により多くの人が亡くなっている街で、疲れを取ることしかできないから役に立たないと言っていた見習い巫女のミミ。だけれど、それは巫女の魔力を回復させるというとても力強い力になった。

それだけじゃない。ミミは、必要なことを患者たちに的確に伝えてくれた。病状を見て、癒《いや》しを施《ほどこ》す順序を患者に伝えたりもしていた。

患者の顔色を見てマリーゼが癒《いや》しすぎないように合図を送ってと頼んだ時は、幼い見習い巫女にもかかわらず、問題なくこなせていた。

巫女の力を持たない巫女……癒《いや》し魔法ではない巫女の知だけを扱う人間が、いるかいないかだけでも違うのではないだろうか。――だけど、今はそのことを考えている場合ではない。

「ありがとう、ユーカ。私たち巫女は、疲れを取ってもらえば魔力が回復します。巫女が多くの者を癒《いや》すためには、ユーカのような人間が必要なのです」

ユーカにというよりは、母親に聞かせるために口を開く。

「続けます、癒《いや》しを。【癒《いや》し】」

次々に癒《いや》しを施《ほどこ》していく。今にも死にそうな人たちが元気になる姿を見て、母親は複雑な表情を浮かべた。

「ユーカ……ママが間違っていたの？」

「ううん、ママ、違うよ。ユーカが、ママと離れるの嫌だって言ったから。だから、ママが私を守ってくれたんだって知ってる」

キノ王国であれば、十歳で巫女の素質があると分かった後は、街の神殿で巫女見習いとして学ぶ。街を離れるのは十五歳になってから。どこに行きたいかという希望も考慮される。それに、十五歳ともなれば、巫女でなくとも親元を離れて働きに出たり、嫁いでいったりと親離れを始める年齢だ。

十歳で親元を離れるのは辛いよね。親も子供も。

「【癒《いや》し】、【癒《いや》し】――」

「ハナ様、水分と食事の指導は終わりました。そろそろ癒《いや》しを」

ユーカと癒《いや》しを続けていると、背後から声がかかった。ルーシェが戻ってきたんだ。

目の前には、山のような患者の数。キノ王国では、中級巫女と見習い巫女が応急処置をしていたが、ここでは応急処置をする者もいない。重症患者が重症のまま運ばれてくるのだ。

「ユーカは、疲れた人をどれくらい元気にしてあげられるの？」

「いつもは、ママとパパとお祖母ちゃんと妹にしてあげてる」

つまり、四回はできるということか。

「ルーシェ、あなたも癒《いや》しに加わって。ルーシェは何人いけそう？」

「直接触れて癒《いや》しを行えば、距離のある人よりは多く癒《いや》せると思います」

そうか。私は離れた人を癒《いや》せないから分からないけど、魔力の消費量は距離にも関係するのか。あれ？　魔力が増えた今なら、もしかして距離があっても癒《いや》せるようになってたりして？　まさかね？　あれは聖女の特別な能力なんだよね。

「とにかく試してみましょう。ユーカ、私とルーシェ巫女が患者を癒《いや》していきます。疲れたらユーカに疲れを取ってもらってもいい？」

「はい」

ユーカが頷いたのを見て、癒《いや》しを再開する。

ルーシェが十人。私は三十人。そこでユーカに一回癒《いや》してもらう。ルーシェがユーカに三回癒《いや》してもらった後、私が一回で、合計四回。そのタイミングでユーカを癒《いや》す。これで、魔力を気にせず癒《いや》しを続けられる。

無心で癒《いや》しを続けていくと、やがて自分で動けない患者はいなくなった。意識もあり、立って歩けるだけの体力のある患者ばかりになる。

そのころになると、初めのほうの癒《いや》しで元気になった人たちが炊き出しの準備をしたり、患者に水分を取らせたりと、助ける側に回っていた。

「聖女様、巫女様、少し休憩を」

何度目か分からない癒《いや》しをユーカに施《ほどこ》してもらおうと振り返ると、ユーカの母が食事を持って待っていた。表情は晴れ晴れとしたものだ。

「ユーカ、よく頑張っているわね。ユーカの好きなリンゴ水も持ってきたわよ」

お盆の上には三人分の飲み物とパン、それから具がたっぷり入ったシチューがのっていた。

「ありがとうございます。いただきます」

料理を見たとたんに空腹を思い出し、素直にいただく。私が食べなければきっと二人も遠慮する。

「ママ、あのね、私……巫女になる。王都に行って、巫女になって……聖女様みたいに人を助けたいの」

ユーカがパンを手に取る前に、母親の顔を見て宣言した。

「うん。うん……」

母親の目から涙が筋になって落ちる。

「私、聞いてみます。イシュル殿下に。家族も王都へ行けないかと」

その言葉に、炊き出しの手伝いをしていたメイスーが頷いた。

「私の妹が巫女の力があると分かり、私は妹に付いて王都に行きました。そして、今は侍女の仕事を得て働いております。仕事で土地を離れることができないのであれば、手紙のやりとりや、年に一度の面会などもあります。相談すれば、きっとイシュル殿下は力になってくださると思いますよ」

「はい。ありがとうございます」

母親が頭を下げる。それを見て、ユーカも頭を下げた。

「私たちと一緒に、ユーカを連れていっても構いませんか？　……突然で申し訳ありませんが、私たちも王都に向かいますし、その……ユーカの力が必要なのです」

この先の街でも同じような状態だろうと容易に想像がつく。だとしたら、戦力は一人でも多いほうがいい。

「ユーカ、頑張ってきなさい。私の自慢の娘……」

母親がユーカを抱きしめた。

「うん。ママ……。ユーカね、がんばるね」

「聖女様、ユーカを……お願いします」

母親は、今度は私に頭を下げる。小刻みに肩が震えているのが分かる。泣いているのだろう。

「ありがとう」

何を言っていいのか分からない……。ただただ、感謝だ。本当に、ありがとう……。きっと、ユーカが幸せになれるように力を尽くすから。

イシュル殿下に相談せず勝手に同行を決めちゃった。だけど、必要な人材だし、そもそも巫女の力のある子供は王都に送られるのであれば問題ないよね？

休憩を挟んだ後は、症状の比較的軽い人たちだ。癒《いや》しは重症者の半分の時間で終わった。

だけどまだやることはある。

「殿下、お願いがあります。最後に、癒《いや》しを受けていない街の人たちを集めていただきたいのです」

「どういうことでしょうか？」

イシュル殿下が首を傾げた。

「この病《やまい》は症状が出るまでに二日かかります。私たちが去った後に症状が出ても、もう癒《いや》すことができません。ですから、病《やまい》にはかかっていないように見える者にも癒《いや》しを施《ほどこ》していきます」

「症状が出るまでに二日？　そんなことがあるんですね」

イシュル殿下がつぶやいた。

病《やまい》によって症状が出るまでに時間がかかるものもあれば、すぐに症状が出るものもある。……ということすら、ミーサウ王国では知られていないのだろうか？

「イシュル殿下。申し訳ありませんが、それが済み次第、出発してもよろしいでしょうか？　それから、巫女の力のある者……今回協力してくれたユーカの同行を許していただいても？」

「ええ、もちろんです」

イシュル殿下はすべての私の要求に頷いた。

「ハナ様、少しお休みください。後は私とユーカでなんとかなります」

ルーシェが突然私にそんなことを言う。

「え？　大丈夫よ？」

「【癒《いや》し】」

ルーシェが癒《いや》しを私にかける。

大丈夫なのに、無駄に魔力を……って一瞬思って、ああ、これが以前マリーゼが憤《いきどお》った理由だということに思い至った。今と同じように、疲労していたマリーゼを癒《いや》したことがあったのだ。なるほど。魔力を自分に使われると、お礼より先に無駄遣いをしないでと思ってしまう。

この国では魔力が貴重だ。ここにきてやっと、心から理解できた。

「ありがとう、ルーシェ。でも、本当に大丈夫よ？」

ルーシェが首を横に振った。

「ハナ様の顔色は癒《いや》しを行ってもよくなっていません」

え？　マスクの外に出てる部分だけでも顔色悪いのがばれてる？

「疲れが取れていないのかも……。魔力は回復するけれど、疲れがたまっていってるのかもしれません。ちゃんと休まないと……」

そう、なのかな？　確かにこの体の不調を考えると、もしかしたらそうなのかもしれない。じゃあ、魔力を癒《いや》しの力で回復させても、やはり癒《いや》せる限界があるということ？　……そういえば、この魔力を回復する方法って、私が初めてなのではなくて、昔の人も気が付いていたりしなかったんだろうか？　だったら、私……

あれ……？

私、何をしようとして、何を考えていたんだっけ？　……えーっと。

「ハナ巫――いいえ、ハナ聖女。休みましょう。僕がベッドへ連れていきます」

ふわりと体が浮く。

マーティーにお姫様抱っこされたようだ。マーティーの腕の中で、ふわふわと揺られるうちに、眠気が襲ってきた。

「ハナ聖女……このまま無理を続けるなら、僕はハナ聖女を攫《さら》ってどこかへ行ってしまいますよ?」

マーティーの声が遠く感じる。

「そんなことをしたら、ハナ聖女は一生僕を許してくれないですよね……どうせ許してくれないのなら、ハナ聖女のすべてを奪っちゃおうかな……」

何を言っているんだろう。

「なんて、冗談です。とにかく、無理しそうになったら、こうして僕がまたベッドに運んであげますから……おやすみなさい」

どうやら眼鏡とマスクが外されているようだ。顔まわりがすっきりする。ガルン隊長は私の寝顔を見て笑ってたみたいだけど……マーティーも笑うかな。

ほっぺたにくすぐったいような温かい感触が触れて、意識が途切れた。

気が付いたら、馬車に揺られていた。

「ここは、どこ?」

「あ、ハナ様、目が覚めたんですね」

上半身を起こすと、ルーシェが前の座席から振り返って顔を覗《のぞ》かせた。私はベッドに寝かされていたらしい。

大きな馬車は座る場所の他に、なんとベッドまで入っているんです。野宿も想定してとのこと。

……どうやら、もともと街で病《やまい》を拾わないよう野宿しながら進むつもりだったみたいで、いろいろ不自由ないように用意されていた。

「もう大丈夫ですか？」

「うん、ありがとう。ルーシェ。あの、ハナと呼んでくれるかな。他に誰もいないし……。しっかり眠ったらすっかりよくなったよ。ルーシェもゆっくり休んで」

「私は大丈夫、そんなに疲れていないの。正直なところ……聖女候補といえ、力はハナ巫女には及ばないから……。力だけでなく、経験も知識も……」

「え？　でも、ルーシェは経験を積めば、すぐに私なんか足元に及ばない力をつけるかと……」

だって、スタート地点の能力がそもそも違うんだもの。

「どうかなぁ……。もう、ハナ巫女は立派に聖女だから」

え？　ルーシェは何を言い出すの？

あ、そうか。まだ服を返してない。

「ご、ごめんなさい、えっと……もう、国境を越えて、イシュル殿下にも顔を覚えていただいたので、これは返しますっ」

慌ててベッドの横に折りたたまれていた聖女の装束《しょうぞく》を手に取り、頭を下げてルーシェに差し出す。

「あははは。違うよ。ハナ巫女。服装の問題じゃないから。それから、能力の問題でもないよ……」

「え？」

「行いが。心が聖女だもん」

行い？　心？　人を助けたいっていう気持ちのことかな？

「それを言えば、巫女であれば皆が聖女になるのでは？」

と、言ってみてから上級巫女を思い出す。……そうじゃない心根の巫女もいるか。

身近にいた下級巫女も思い出す。うん。なんか腰かけ的な感じで、結婚相手見つけるだけに熱心な子たちもいたか……

そんなことを考えていると、ルーシェが小さく笑って言う。

「どうかな。こうして危険を顧《かえり》みず隣国へ付いてきてくれたのはハナ巫女だけだし、イシュル殿下に忌憚《きたん》なく意見できちゃうのもハナ巫女だけだし」

あうう。

「あの、なんだかいろいろ勝手に進めちゃったりして、やっぱりまずかったかな？　イシュル殿下とか、周りの人とか怒ってたり……？」

ずいぶん後先考えずに突っ走っちゃったことが、今更ながら不安になる。

私の問いに、ルーシェが笑った。

「イシュル殿下も同じことをおっしゃっていたわ」

は？

「聖女様を怒らせてしまったんじゃないか、ルーシェ巫女も何か不満に思うことがあったら言ってくれと」

「いい人だね……」

「いい人……いいえ、いい人なのは、ハナ巫女のほうよ。倒れるまで人々を癒《いや》し続けた聖女として、皆ハナ巫女に心酔してるわ」

ルーシェの言葉に、恥ずかしくて頭をかく。

「倒れるなんて不覚、というか、情けない。やっぱり下級巫女が聖女の真似事をするなんて、ぼろが出るものね……騙《だま》しているようで申し訳ない……」

ルーシェが困ったような顔を見せた後、思い出したように言葉を発する。

「ハナ巫女の目が覚めたら食事を取りながら話がしたいと、イシュル殿下がおっしゃっていたけれど、何か食べられそう？」

私のほうも聞きたいことがあったので、素直に頷いた。

馬車が止まる。

私、ルーシエ、イシュル殿下、マーティー、それからユーカで食事をすることになった。ユーカは、メイスーと一緒に行動することになったようだ。移動中、王都で暮らす巫女の生活についていていろいろ教えてもらうらしい。

ユーカのことは、すでにメイスーがイシュル殿下に報告してくれて、希望通り家族も王都に行けることになったそうです。よかった。

「しかし……まさか巫女隠しがあるとは聞いていたが……本当だったとは……」

イシュル殿下が難しい顔をする。

「も、申し訳ありません、あの、私が悪いんです、だから家族は……」

ユーカが慌てて頭を下げる。

「いや、責めているわけではないよ。責められるべきは、巫女やその家族をそこまで追いつめてしまった我々だ」

十五歳前後の若いイシュル殿下だけれど、とても賢い。巫女隠しを罪に問い、巫女に無理を強いれば同じことを繰り返すと分かっているのだ。ただでさえ貴重な巫女の数をますます減らすと。

「どうしたものか……」

……今がチャンスかもしれない。

思っていたことを伝えてみよう。

ユーカの母親の涙を思い出しながら、イシュル殿下の目をまっすぐに見た。

「あの……巫女たちを街にとどめることはできないのですか？」

「それは……」

イシュル殿下が言葉を濁《にご》す。

「巫女を守るために王都に送るという話は聞きました。ですが、街では守れないのですか？　すべての街は無理でも、家族が一日で往復できるような距離にある街の中央に、巫女を集めて守るわけにはいかないのですか？」

私の言葉に、イシュル殿下はうーんと考え込む。

すると今度はルーシェが口を開いた。

「キノ王国では街に神殿があり、神殿には巫女がいます。そこで癒《いや》しを行うのです。巫女の数が減ったミーサウ王国では街ごとには無理でしょうけれど、王都以外全く巫女がいないのも問題なのでは？」

ルーシェの問いかけに、イシュル殿下が小さく答えた。

「それは、そうかもしれないが、現実的にはなかなか……」

この国の事情も分からない私とルーシェの勝手な言葉。イシュル殿下の返事には困惑が見える。

まだだ、まだ伝わっていない。違う、伝わらないのではない。イシュル殿下は知らないのだ。

「イシュル殿下、僭越《せんえつ》ながらはっきりと申し上げてもよろしいですか？」

イシュル殿下が頷いたのを見て、思っていたことを口にする。

「巫女が少ないことよりも問題なのは、巫女が持っていたはずの知識が失われていることだと感じました。先ほどの街で、私とルーシェが水分の用意をさせたことは覚えていらっしゃいますか？」

「ああ、確か癒《いや》しを行う前に、ルーシェ巫女が塩や何やらを準備させて、湯を沸かせていた。それをわざわざさましていたけれど、井戸からくみ上げた水では駄目だったのでしょうか？」

「ええ。常識です。井戸の水に病気のもとが紛れ込んでいれば、飲んだ人に病《やまい》がうつってしまいます。ですから、沸かすことで、病気のもとを取りのぞくのです」

それから、あの場で行っていたこと、注意しなければならないことなどをいくつも殿下に伝える。

「どれもこれも、もしかして……知っていれば助かる命もあったということですか……あそこまで人々が苦しむこともなかったと……」

「いえ、今回はキノ王国でもあっという間に病《やまい》は広まり、多くの人が亡くなっています。ですが……知っていれば、死ななくて済んだ人はいたはずです」

高熱で体から失われた水分を補給することで、助かった人はいたはずだ。

他にも……怪我をした時に傷を縫い合わせる、骨折した部分に木をそえて固定するなどの治療方法をあげていくと、一つ一つにイシュル殿下はとても驚いていた。

「キノ王国でも、あっという間に怪我を癒《いや》せるだけの力を持った巫女は少数です。力の弱い中級巫女、下級巫女たちの主な仕事は、巫女の知識を使うことにあります。もちろんまるっきり力がないわけではありませんので、痛みを止めることや、一時的に熱を下げて体力の消耗を抑えるなどの癒《いや》しは施《ほどこ》せますが」

イシュル殿下だけでなく、イシュル殿下の後ろに控えていた護衛たちも驚きを隠せないでいた。

「巫女がいれば……国中どこでも誰もが怪我も病気も助けてもらえるわけでは……なかったのか……」

いないからこその幻想なのか。そこまで巫女は万能じゃない。

「巫女の能力に頼り切っても駄目なんです。だからこそ、イシュル殿下。どうぞ、街にも巫女を配置してください。能力はなくてもいい。巫女の知識を持ち、適切に治療の指導ができる人間を。そして、能力のある者が希望すれば、護衛を付け、巫女の知識を教えてくれるように……してもらえませんか？」

「癒《いや》しの力がない巫女……だが、知識を持って、最善の対処法を伝えられる巫女……か。巫女の拠点を作り、そこに能力のある者が加わっていく……」

そこまで言って、イシュル殿下が考え込む。

「それなら、私に……私に巫女の知識を教えてください！」

ルーシェの後ろにいたメイスーが声をあげる。

「私は、妹のように巫女の力はありませんが、いろいろ覚えて役に立てるなら、やりたい」

そして、意外なことに殿下の後ろに立つ護衛も口を開いた。

「地方都市での護衛が必要であれば、私を任命してください。王都での生活に未練はありません」

「おい、お前は兄の親衛隊になるんじゃなかったのか」

「聖女様がこの国を救おうと提案してくださっているのに、この国に住む私が何もしないでいるなど、できません」

「そうです。聖女様は人を救うだけではない、この国を救ってくださろうとしている」

「この国の今と、未来を！」

うわーっとなぜか護衛たちが盛り上がり、一斉に膝をついて頭を垂れた。

「聖女様、我らをお好きなようにお使いください」

って、何これ？　駄目だよね？　私が好きに使っちゃ駄目だよね？　イシュル殿下の配下でしょ？　助けを求めるようにイシュル殿下を見る。

「命に代えても陛下に認めさせましょう」

ひぃー。殿下まで頭を垂れている。助けを求めようと、今度はルーシェを見た。

「私の持つ知識を、力を持たぬ巫女たちに伝えましょう！」

ルーシェがこぶしを握り締めた。ちょっと、ルーシェまで興奮してる。

ん？　待てよ、力のない巫女……って、巫女の知識を使って治療にあたるけれど、癒《いや》しの力がない人ってことだよね？　……あ、そうだ！

「ねぇ、マーティー、キノ王国には、引退した巫女がたくさんいるでしょう？　結婚して力を失った彼女たちは、知識まで失ったわけではない。彼女たちに協力してもらうことはできないのかな？」

マーティーが首を傾げる。

「さぁ、どうでしょう。僕には分かりませんが……ガルン隊長に聞いてみてもいいんじゃないでしょうか？」

「そうね！　ガルン隊長に手紙を書くわ」

ガルン隊長なら元敵国とはいえ、罪のない人たちを見殺しなんてしないはずだ。

「あの、それなら私も偉い人に手紙を書いてみます」

ルーシェが任せてくださいとばかりに胸を叩いた。

「偉い人？」

「……アルフォード様に……」

「アルフォード？　って、氷の将軍？　公爵令息様よね？　親しいの？」

「いいえ、親しいというよりは、お世話になった……というか、迷惑を……かけたというか……」

ルーシェの目が泳いだ。

「でも、できることはしたいので、手紙を書きます」

なるほど、氷の将軍であれば、侯爵家のガルン隊長よりも確かに偉い。

地位が高いだけでなくずいぶん立派な人らしいんだよね。王都から離れた駐屯地でも氷の将軍の噂はよく耳にしたもの。まぁ、巫女たちが見目麗《みめうるわ》しい姿を一目見たいと騒いでいたのだけれど。何しろイケメンで公爵令息でしかも有能で独身。モテるよね。……興味がないから私は顔も知らないけれど、便利なので名前は利用させてもらっていた。

行き遅れと言われる年齢まで結婚してなくても「氷の将軍が好きなんです」と言えば、かわいそうな子を見る目は向けられても、それ以上結婚についてごちゃごちゃ言われなくて済んだから。

ちなみに、引退後の巫女は家庭に入るか、巫女とは全く関係ない別の仕事をしている。知識を生かして巫女の補佐をすることだってできたかもしれないけれど、現役の巫女がたくさんいて問題ないので、皆そのまま引退していた。

……あれ？　そうすると、私も結婚して巫女の力を失ってしまっても、誰かを救うために働き続けられるということ？

そんなことを考えつつ、私はイシュル殿下に向き直る。

「まだ子供を産める場合は難しいかもしれないけれど、そうでない元巫女ならミーサウ王国に派遣してもらえるかもしれません。巫女の知識の教育も任せられるんじゃないかと」

「それはありがたい。こちらでも、お迎えする元巫女の方々の待遇は考慮します。衣食住不自由させませんし、護衛ももちろん付けましょう。後は、ミーサウ王国からキノ国に何を返せるかを、検討しないと……」

　ああそうか。助けてあげるよ、ありがとう。って、国同士じゃそういうわけにもいかないのか。一方的に何かを与える関係なんて成り立つわけがない。今回、聖女の派遣に対して、戦争で降伏しているんだものね。詳細は知らないけれど、ミーサウ王国は賠償金やら領土やらを、キノ王国に渡す約束もしているのだろう。簡単に引退巫女を連れてくれれば解決するという話でもないんだ……

「ただ、せっかく聖女様に提案していただいたのに、しばらくははやり病《やまい》で疲弊した国内を立て直すのに必死で動けないかもしれません」

　イシュル殿下が申し訳なさそうな顔をする。

　いいえ、私が考えなしだったんです。戦争で白旗を立てるしかないくらい、ミーサウ王国は困窮しているんだよね。求めた大切な聖女を迎えるのに、年若い殿下を遣わせなきゃいけないほど、人材が不足しているんだった。

……できることを考えよう。自分たちだけでも、何かできることを。

もちろんガルン隊長に手紙も書くけど、実現することを待つのではなく、こちらはこちらで何か考えないと。見習い巫女が五年かけて学ぶことを、一年で教えることはできないだろうか。

そうすれば一年後には力のない巫女が、ミーサウの各地で活動できるようになる。いや、一年では無理かな……。そのあたりはルーシェと話し合おう。

あれ？　ルーシェって何歳？　はっきりと年齢を確かめたことがなかったけれど、十三か十四よね？　通常は十歳で巫女見習いになって巫女として働くまでの五年間学ぶわけだけど……ルーシェって学び始めて五年も経ってないってこと？　どこまで学んだんだろう？　もしかして、五年分の知識持ってるの、私だけ？　責任重大じゃない？　……うん、元巫女の大々的な派遣は無理だとしても、一人二人は来れないかお願いしよう。きっと、私が忘れちゃっている知識もあるだろうから、一人じゃ心配だ。

「次の街には、近隣からすでに人が集まっているようです」

ぐるぐると頭で考えていると、マーティーが報告してくれる。

そうだ。先に病人を集めてもらっていたのだ。……だけど、よく考えたら、すでに症状の出た者を治療してはいても、今は症状が出ていない人たちや、私たちが去った後にうつってしまった人たちに癒《いや》しは行えない。すべての人を救うなんて無理で……。当たり前なんだけど、でも、胸が苦しい。

「イシュル殿下。先ほどお伝えした通り、私たちは、今症状が出ていて、しかも集まってきた人しか癒《いや》せません……。他の人たちは、できるだけ自力で回復できるように巫女の知恵を活用してもらうしかないのですが……」

「泣かないで、ハナ聖女……」

マーティーが私の背に手を当てる。泣かないで？

「泣いてないですよ？」

私、泣きそうな顔をしていた？　……救えないことは確かに辛い。だけれど立ち止まるわけにはいかない。

「私たちが通過後、人の出入りは制限してください。そうすれば、街にいる人にはそこまで新たな患者が出ないと思います。それから、症状が出てしまったら、とにかく体力勝負です。水分、そして取れれば食事を。適切な水分の作り方、食べさせるとよい食事など書き記《しる》したものを各街に配布しましょう」

できることだけ考える。できないことばかりを考えて動けなくなっては駄目だ。

「紙とペンをお願いします」

と言うと、イシュル殿下が部下に命じて複数の紙とペンを持ってこさせ、それを皆に配らせる。

「一人で書いていたのでは時間がかかります。聖女様、我々でメモを取りますので、教えてください」

なんと、イシュル殿下自らもペンを取った。そして、私が口にすることを次々とメモしていく。

いい王子だ。……他王族がどうなのかは知らないけれど、きっとイシュル殿下はよい教育を受けてきたのだろう。

メモが終わると休憩もおしまい。再び馬車に揺られて移動する。馬車に乗っている者はメモをさらに書き写し、枚数を増やしていく。

私とルーシェの馬車には、メイスーとユーカにも乗ってもらう。

「いろいろ教えてほしいの。王都に集められている巫女はどれくらいで、どの程度の能力があるの？」

私の質問に、メイスーがすぐに答えた。

「妹の話では、三十名ほど。能力は、さほど高い者はいないと……。妹は、十歳の測定時になんとか二桁。他の者もそう変わらないようです」

二桁というのは、癒《いや》しの力で咲く花の数だよね？　癒《いや》しの力はこの花がどれくらい咲くかによって測定されるのだ。桁数で表すってことは、下級・中級・上級という分け方ではないのか。キノ王国では一桁で下級巫女。二桁で中級巫女。三桁で上級巫女だった。〝なんとか二桁〟というのは、力の弱い中級巫女か、力の強い下級巫女くらいの能力ということになる。

マリーゼくらいの力だろうか。そうであれば、十分癒《いや》しを行えるはずだ。

「王都に向けて手紙を書かないと……」

そうすれば私が到着するより先に、王都でも癒《いや》しを行ってもらえる。三十名もいるのであれば、王都の病《やまい》が収束した後、王都周辺にも巫女を派遣してもらえるかもしれない。

「癒《いや》しをどれくらいの頻度で行っているんだろう？　能力が測定時から上がっている可能性もあるよね？」

そうだとすると、中級巫女が三十名——十分すぎる戦力だ。十人が王都、二十人が数人に分かれて近隣都市に向かうことも可能だろう。

この先に希望が見えたところで、メイスーがおずおずと口を開く。

「あの……。巫女たちは、ほとんど癒《いや》しを行ってはいませんので、能力もそれほど上がっていないと思います」

「え？　国に三十名しかいないのであれば、患者が多くて忙しいんじゃないの？　王都まで癒《いや》してもらうために足を運ぶ人はさすがに少ないということ？」

メイスーが首を横に振った。

「あの、巫女たちは、城の奥で何不自由ない生活を送っています。宰相様が治癒の必要を認めた王侯貴族様のみ、癒《いや》しが受けられるのです」

「宰相が認めた？　王侯貴族のみ？　じゃあ、巫女を城に集めるのはやっぱり自分たちだけ癒《いや》されるためということになるけど……そんなことで、皆の反感を買ったりしないの？」

少し憤慨して言うと、メイスーが再び首を横に振る。

「巫女を守るために王都へ、というのも本当ですが、実はもう一つ……。皆は聖女の誕生を心待ちにしているのです。聖女さえ生まれれば、皆が救われると……」

確かに。ミーサウ王国でも、聖女は巫女から生まれるといわれている。だから、聖女の生家として箔《はく》をつけたい貴族や豪商たちは、巫女を嫁にと望む者も多い。

「不幸な巫女からは巫女が生まれなかったという過去の反省から、王都に集められた巫女たちには何不自由ない生活が保障されます。宝石もドレスも甘いお菓子も、望めばすべて与えられます。そして、幸せな結婚ができるように、素敵な人と出会えるようにと毎月舞踏会が開かれているのです」

宝石に、ドレスに、お菓子に、舞踏会――

「それは、幸せなの？」

家族と離され、城に閉じ込められ、与えられるばかりで自分の力で得ることもなく……聖女を産むことだけを期待され、結婚しろと急《せ》かされるの？　結婚して子供を産んで、その後は？　ちゃんと死ぬまで幸せだと思って生きていけるの？

「妹は……あまり笑わなくなりました」

メイスーが悲しそうな顔をする。

「怖い……と。結婚したくない、子供を産みたくない。聖女が生まれなかったらなんと言われるか……と、おびえています」

かわいそうに。

「そんな気持ちじゃ、聖女どころか巫女も生まれないでしょうね……」

と、ルーシェがつぶやいた。

「そうですね。残念ながら、王都の巫女から新たに巫女が生まれることはまれです」

「わ、私は……どうなるの？」

ユーカが不安そうな顔をするので、私はそっと背中を撫でた。

「好きな人ができて結婚したくなった時でいいのよ。キノ王国では結婚しなければいけないと強要はされない」

ただし、適齢期を過ぎても結婚していないと、行き遅れと馬鹿にされたりはするけどね。

「それから……今後は、城にいる巫女たちの毎月の舞踏会はなくなるかも。もちろん、衣食住に不自由はない生活はできるけれど……その分、勉強してもらう。癒《いや》してもらう。それが嫌だという巫女は、いらない」

私の言葉に、メイスーが驚いた顔をする。

「巫女が、いらない？」

「力があっても、癒《いや》さない巫女なんて巫女じゃないでしょう？　それよりも、力がなくたって勉強して知識を蓄《たくわ》え、皆を救おうとする人のほうが、この国には必要だと思うの。ちょっと力の強い下級巫女の癒《いや》しなんかより、正しい処置をしたか、しないかのほうが生死を分ける……」

もちろん、能力のある人が一人でも欲しいという気持ちはあるけれど、でも……。やる気のない人に構って時間を費やすほどの時間がこの国にあるとは思えない。

「ねぇ、メイスー、ユーカ、二人は巫女の知恵を学んでくれるわよね？　メイスーの妹はどうかな？　他の巫女たちは？」

メイスーが真剣な顔で頷く。

「妹に手紙を書いてみます」

手紙……そうだった！

「私もミーサウ王国の巫女たちに働いてもらうように手紙を書こうと思っていたんだった。まずはどれだけの巫女が動いてくれるのか……」

早急に手紙を書き、王都へと届けてもらえるようイシュル殿下に頼む。手紙を携《たずさ》えた護衛が馬で走り去った。

「マーティー、私からガルン隊長に、あとルーシェから氷の将軍あてに、手紙をお願いしても？」

マーティーが頷く。

「僕が国境まで運びます。キノ国の兵服を着ているので問題はないでしょうが……身分証明として、念のためガルン隊長の短剣を借りていってもいいですか？」

ああ、ファシル侯爵家の紋章が入った短剣ね。

「もちろん。どうぞ。じゃあ、お願いね」

短剣を両手で横向きに差し出すと、マーティーも両手で恭《うやうや》しく短剣を受け取った。

「信用できる者に手紙を託してすぐに戻ってきます。なるべく急いで……」

「大丈夫、そこまで無理して急がなくていいから。怪我をしないように、無理しすぎないように行ってらっしゃい」

「行ってきます。ハナ聖女こそ、無理をしないと約束してください」

えーっと。無理、しちゃうよね。きっと。目の前に苦しんでいる人がいたら。

だから、あいまいに微笑んで手を振る。

「ハナ聖女……本当に無理するなら、閉じ込めちゃいますよ……」

マーティーが小さくため息を吐いて出ていった。

ん？　閉じ込める？　無理しないように、宿にでも？　ああ、今なら馬車が宿代わりか。

患者が目の前にいるのに閉じ込められるのは嫌なので、倒れないように魔力調整、気を付けないと。

癒《いや》しで魔力と疲労が回復しているように見えて、実は少しずつ疲れがたまっていっている……ということが分かった。

巫女が二人いれば、無限に癒《いや》せるわけじゃないという事実。……この巫女不足の土地では、知りたくなかった情報だ。いや、今の時点で知ることができてよかったというべきか。

倒れそうになっても人を癒《いや》すことを、巫女たちに強要することなんてできない。ここから先、癒《いや》しを行いながら進む間に、無理にならない力の使い方がどれくらいなのかを検証したほうがいいのかもしれない。

ルーシェが、疲れを癒《いや》しても私の顔色がよくならないと言っていた。私の限界が何回くらいなのか、癒《いや》しを行っている時に顔色をチェックしてもらえば分かるかも。

ルーシェの様子もよく観察しなくちゃ。それから、ユーカにも無理させるわけにはいかない。

巫女の私たちが倒れてしまえば、救える命が救えなくなってしまうんだもの……


次の街に着くと、大勢の人であふれていた。

ふらつきながらも年老いた母親を背負っている人や、前後に幼い子供を括《くく》り付けやつれている女性。ああ、家族のために近隣の村から夜通しでこの街に訪れた者も多いのだろう。伝令に走った兵も、動けない患者を乗せたリアカーを引く手助けをしている。

多い。どこからこれほど集まってきたのか。街の広場などで収まらず、広場に通じる通りという通りにも人があふれている。

すでに、街に伝えてもらったおかげで、水分や食事の準備は進められている。そして症状の重さによって患者が分けられていた。

「多いですね……」

ルーシェの言葉に頷く。

「ルーシェ、今まではなるべく完治に近い癒《いや》しを施《ほどこ》してきたけれど、ここからは命をつなぐ応急処置を心がけましょう」

ルーシェが首を傾げる。

「癒《いや》しに、種類があるんですか？」

ん？　そういえば、領都にいた上級巫女のシャンティール様やピオリーヌ様たちも全力で癒《いや》しを行っていたけれど、これって神殿で習わない？

ああ、でも上級巫女は力が強いし、一度に癒《いや》す人数も多くないから、五人や六人全力で癒《いや》しても問題ないんだよね。下級巫女は常に全力でも癒《いや》しきれないから、力のセーブを習うことはあまりない。中級巫女だけが力の配分の訓練するんだっけ？

聖女候補のルーシェは上級巫女より上なわけだから、なおさら知らないか。

「慣れればすぐにできるわ。ユーカ、患者の顔を見て、顔色がよくなって呼吸が落ち着いてきたと思ったら、ルーシェに合図を。ルーシェはそこで癒《いや》しを止めて」

「え？　途中で止めたら治らないんじゃ？」

ルーシェの疑問に、こくんと頷く。

「治らない。だけれど、人は本来自分で治す力がある。残りの部分は患者の力と、周りの人の看病で治してもらおうと思います」

「なぜ？　どうして、治してあげないんですか？」

ルーシェがちょっと不満げな表情を見せる。

「理由はいくつかあって、一つは魔力の節約。この人数を私たちで癒《いや》すには、昨日以上に魔力が必要なの。……私は昨日ルーシェに言われるまで、自分の疲労に気が付かなかった。ルーシェも、私のように限界がくる可能性もある。二人ともそうなってしまえば、それ以降は誰も癒《いや》せない」

ルーシェが悔しそうに唇をかむ。うん。力が足りないというのは悔しい。

「もう一つの理由は、完治させるメリットがないこと。キノ王国では、完治させればそれ以降病《やまい》にかかる人が出なくなった。それは街に巫女がいて、潜伏期間を経て症状が出た新たな患者を早期に癒《いや》していけば……という条件があるわ。ミーサウ王国ではそれができない。私たちが去った後、発症した人を癒《いや》す人がいないの。完治させた人からうつらなくても、発症した人からうつって広がっていくでしょう」

「でも、少しは広がりを抑えることが――」

ルーシェは、症状が出ている人だけでも完治させれば広がりを抑えられるのではと希望を持っているようだけれど……。私はルーシェに首を振ってみせる。

「これだけの感染力のあるはやり病《やまい》は、発症した人を完全に隔離するくらいでないと、とても防げない」

するとユーカがぐっとこぶしを握り締めて口を開いた。

「体に赤いぼつぼつがいっぱいできる怖い病気になったら、人にうつさないように街を追い出される……。親子で追い出されることもあるけれど、子供一人の場合もある。ちゃんと帰ってくる子供もいるけれど……」

ルーシェがはっと息を呑む。

「隔離って……」

ユーカの言葉に、私も心の奥がチクチク痛む。

ひどいと思っても仕方がない。これが現実なのだ。うつさないためにどうするかということは、神殿で少しだけ話には聞いていた。

「完治させなければ、常に患者は何人もいる状態でしょう。でも、体力さえあれば自力で治せる病気よ。私たちが、患者への接し方も指導していけば、元気になった人が、新たに発症した患者の看病もできるようになるはず」

ルーシェが再び唇をかむ。

するとユーカが、ルーシェの手を取った。

「大丈夫です。巫女がいなくても、私たちは生きてます。これまで何度も皆病気に苦しんできました。だけど、生きてる」

ルーシェは、にこりと笑うユーカに小さな声で言葉を返した。

「そう、ね……」

ユーカの言葉にはっとする。巫女がいなくても……人は生きられる。そう、なのかも。

私は、巫女の力があれば人を救える、だから巫女の力を失いたくないとばかり思っていたけれど——巫女の力があったって、救えない人は救えない。力には限界があって、手を差し伸べられる範囲にも限界があって……

ミーサウ王国に来てからは、巫女よりも、巫女の知恵のほうがよほど多くの人を救うんじゃないかと感じている。巫女の知恵……私の知らないミーサウの巫女の知恵もあるんじゃないだろうか？　役に立つ方法、食材……薬……

そんなことを考えていると、ルーシェの強い意志を感じる声が耳に届く。

「ハナ聖女、分かりました。完治にこだわるのはやめます」

「そう、一人でも多くの人が生きられるように頑張りましょうね」

と、ルーシェと握手を交わして癒《いや》しを始める。

体力がなく、容体がすぐに変化する幼い子供は完治。同じように、もともと別の病気を持っている人や老人たちも完治。バリバリと働いている大人たちは、応急処置。でも周りに妊婦がいる人は完治――と、使い分けて癒《いや》しを行っていく。

看病の仕方や容体の変化による対応の仕方は、食事を取りながら皆に伝える。

すべてを終えて街を出る時には、馬車の両サイドに人々がずらりと並んでいた。

完治させていないのだから、無理をしちゃ駄目ですって言ったのに……

「どうしてもお礼を言いたいんです」

ユーカが、笑顔の人々を嬉しそうに見た。

「聖女様、ばんざーい」

気が付けば、誰が言い出したのか……聖女様ばんざーいと、波のようにその声は広がっていった。

……どうか、無理して悪化しないように、ちゃんと治してください……

そう祈りながら、私は疲労のあまり意識を手放した。

目を覚ますと、また誰かにベッドに運ばれていた。

あー、無理したつもりはないけれど、それでも限界だったんだなぁ。気を付けようと考えながらまた癒《いや》していく。

　すると、次の街を出る時には、無理をしないで魔力を回復させる回数がなんとなく分かった。ルーシェに伝えると、ルーシェが口を開いた。

「ハナ聖女、私、少し力が上がったような気がします。いえ、少しどころか、キノ王国にいた時の倍ぐらいになった気が……」

　ルーシェの言葉に続いてユーカも口を開く。

「私もです。魔力が切れそうだと思うのが、前より遅くなりました」

「うん、あれだけ使い続けたからね……私も、応急処置ではあるけれど百人以上続けて癒《いや》せるようになっているから、完治できる人数も増えてるかな」

「ひゃ、百人以上……」

　ルーシェが驚いてこちらを見る。

「ルーシェもすぐにそうなると思うよ？　力を効率よく使えるようになって、もう少し魔力が上がれば。もともとルーシェは力が強いんだもの」

　そう言うと、ルーシェが小さくふるふると首を横に振っている。

　無理無理って言ってるけど、無理じゃないよ、たぶん。私はここにくるまで八年以上かかってるけど、ルーシェなら三年、四年で……いや、もっと早くに追い抜かれるかなぁ。

「そうだ、ユーカ。力が上がったのなら、疲れを癒《いや》すだけじゃなくて、病《やまい》や怪我が癒《いや》せるようになっているかもしれないわね。ちょっと練習してみる？」

ユーカの顔がぱぁっと輝く。

「私にも、怪我や病気が治せるようになるの？」

「もちろんよ。やってみる？　簡単な怪我の癒《いや》しの練習からしてみましょうか」

小さな切り傷などの癒《いや》しが一番練習しやすい。なんせ、効果が出ているのか出ていないのかが目で見て分かるからだ。口で説明して、何度かエア癒《いや》しで試す。

うん、やっぱり本物の怪我人が欲しいところ。自分で傷を作るなんてそんなことはできないから、どこかに怪我人はいないだろうか。って、怪我人がいることを期待するなんてよくないよね。……ふと、マーティーのことを思い出す。

「誰かちょっとした傷のある人いないかな」なんてうっかり口にしたら、短剣抜いてすぱっと自分の肌を傷つけて、「ハナ巫女、僕がいつでもあなたのために傷を用意します」とか言い出しそう……。さ、さすがにそれはないか。ないよね？　怖い想像をしてぞっとする。

その点、ガルン隊長なら「そういえば、ここちょっと擦りむいたんだった」とか「木の枝でひっかいた気がするんだ」とか、いつも体のどこかに小さな傷を作っていたっけ。……いや、どっちも駄目でしょう。まったくもう！　もっと自分を大事にしないと！

自分を大事にできない人は最低ですっ！

憤慨していると、馬車の速度が落ちた。

そろそろ休憩かな？　と、馬車の窓から外を見ると、道の脇の茂みに人影が見えた。

馬車が移動するのを見ているようだ。

まぁ、珍しいよね。大きな馬車が何台も護衛付きで通り過ぎていくなんて。なんだろうって気になるよ。

「あ！」

茂みの中の人のほおに赤い筋が見えた。

ちょうど馬車が止まったので、ユーカの手を取り、茂みの中にいた人に向かって走っていく。

私たちが近づくのを見て、男の人が慌てて背中を向けた。

「待ってください、待ってください！」

と、声をかけても、男の人は逃げようとする。

「待てと言っているのが聞こえないのか？」

私たちの様子を見て、護衛の一人が男の人の前に回って止めてくれた。

「ひぃっ、俺は何にもしてない！　み、見てただけで……あ、怪しいもんじゃないっ」

男の人がしりもちをついて言う。

「ごめんなさい、驚かせてしまいました。あの、呼び止めたのは、何もあなたが悪い人だというわけじゃなくて……」

失敗した。そりゃ、急に追いかけられたら怖いよね。兵たちもたくさんいるし。

ユーカの練習台になんて思って気軽に声をかけて本当に悪いことをした。だけどせっかくの機会だから試させてもらおう。

「その、ほおに傷があるように見えたので……」

「ん？　傷？」

男の人が左ほおに手を当てた。目尻から口の横まで古傷が走っている。

「いえ、そちらではなくて、右ほおに……あの、癒《いや》してもよろしいですか？」

「あ、癒《いや》す？　構わないが……癒《いや》すとは？」

男の人の困惑した返事を受け、ユーカに目配せする。

「【癒《いや》し】」

ユーカが男の人の右ほおに触れる。すると、五センチくらいあった切り傷が次第に薄くなり、やがて消えていった。

いる。

「これは、まさか……巫女様なのか？」

男の人が驚いてユーカの顔を見た。ユーカは癒《いや》しが成功したことで嬉しそうにしている。

「すみません、ありがとうございました。驚かせて申し訳ありません」

ペコリと男の人に頭を下げる。あ、そうそう。お詫びに男の人の腰も癒《いや》しておこう。

どうも腰に痛みがある人の動きをしていたので。すっと男の人のほうに手を伸ばして

【癒《いや》し】と小さな声でつぶやく。

「あ、腰の痛みも……巫女の癒《いや》しとはなんとすごいものなのか……」

あれ？　巫女の力を軽々しく使いすぎたかな。いざという時のために力は使わないようにしないといけないよね。キノ王国にいた時と同じ感覚じゃ駄目だった。

馬車に戻って、ルーシェに笑顔で報告。

「ユーカが傷の癒《いや》しに成功したよ！」

「よかったね、ユーカ！」

ルーシェの言葉に笑い返したユーカは、私の顔を見る。

「傷だけじゃなくて、その、手荒れとかも治せますか？」

手荒れ？

「ええ。もちろん」

「あの、メイスーさんの手を癒《いや》してきます！」

ユーカが馬車を出ていった。メイスー、手が荒れてたんだ。気が付かなかった。そんなことに気が回らないなんて、やっぱり私も疲れてるのかなぁ。だから、少し休憩していたんだけど……

――そのままユーカは戻ってこなかった。


ユーカはどこへ行ってしまったんだろう。付近を捜してもいなかった。メイスーのところへも行っていない。護衛兵たちもあたりを必死に捜してくれたけれど、見つからない。母親が恋しくなって戻ろうとしたのかと、来た道を捜したものの、やっぱりいなかった。

「このままここで待つわけにもいきません。護衛を数名残し、付近を捜させますので、我々は先に進みましょう」

イシュル殿下がそう判断を下した。

「いったいユーカはどこへ……どうしちゃったのかしら」

メイスーが心配で青い顔をしている。口元を押さえる両手にはあかぎれがあった。

「ユーカはメイスーさんの手――」

ルーシェの言葉を途中で制する。メイスーの手荒れを癒《いや》すために馬車を出てから行方不明なんて言ったら、メイスーが責任を感じるだろう。

分かっていることは、メイスーの手を癒《いや》すことなく、いなくなったということ。どうして？　どこへ行ってしまったの？　もしかすると、近くに怪我をした小鳥でもいたのかな？　……癒《いや》しの練習として傷ついた動物を使うこともあると教えたから、練習をしようと脇道に入って迷ってしまったとか？

ぐるぐると頭の中に渦巻く不安。トイレに行って迷ってしまうことだってある。それでも、大声で呼べば、声が届く範囲に誰かいるような距離だろう。じゃあ、怪我でもして倒れて声が出せなかったとか？

落ち着かない気持ちで馬車に乗っていると、次の街に到着した。前の街ほど大きくはなく、集まっている人の数もそれほど多くなかったので、ルーシェと私の二人で癒《いや》しは問題なく行えた。

「今日は、街の宿に宿泊しましょう」

「ありがとうございます。イシュル殿下」

いつもなら、進めるだけ進んでから、馬車で野宿だ。イシュル殿下の気遣いに胸が熱くなる。

ちょうど夜が更けたということもあるだろうが……ユーカを待つ意味もあるんだよね。ユーカが早く見つかりますように。見つかったらすぐに兵がここまで連れてきてくれるはず。

宿は一階が食堂、二階が宿泊部屋という造りだ。食事を終え、部屋に戻ってからも眠れない。……何か飲み物をもらおう。

食堂は、お酒も出すため夜遅くまで営業しているようだ。カウンターでワインを注文して席に座る。部屋の入り口に立っていた私の護衛の一人も付いてきていた。

えーっと、立って隣にいられても、その、飲みにくいんだけどなぁ……

「あなたも、何か飲みませんか？」

「いえ、私は任務中なので」

「悪目立ちしちゃうし……一緒に座って、その、アルコール類が問題あるならミルクはいかがですか？」

体躯《たいく》の立派な兵にミルクを勧めるのはまずかったかと思って、とっさに言葉を加える。

「いえ、その、『ミルクでも飲んでな』みたいなそういう意味じゃなくて、えっと、あの、私、ミルクが好きなので、好きなものをつい勧めちゃっただけで」

焦ってわけの分からないことを言う私に、兵は表情を緩《ゆる》めた。

「ふふ。ありがとうございます、聖女様。そうですね、立っていては目立ちますし、聖女様がゆっくりできませんね……。私もミルクは好きなんですよ。温めたものが特に」

と笑って、兵はカウンターにホットミルクを注文しに行った。

自分の発言の恥ずかしさに顔を赤らめていると、ふと気になる単語が聞こえてきた。

「――巫女……」

巫女？　隣のテーブルの人の言葉に思わず聞き耳を立てる。

「まじか？」

「ああ、本当だ。巫女を捕まえた」

巫女を捕まえた？

驚いて隣のテーブルに座る男の顔を見る。

テーブルには四角い顔の男と、痩《や》せ細った男が向かい合って顔を寄せてひそひそと話をしていた。あれ？　どこかで見た気が……

「本当に巫女なのか？」

「本当だ。俺のほおの傷を目の前で治してみせた」

あ……。四角い顔の男のほおの傷を見て思い出す。茂みに隠れていた男だ。ユーカの癒《いや》しの練習をさせてもらった……

「しかも、俺の体の不調まであっという間に治しちまったんだぜ。巫女の中でも、相当力があるに違いない」

体の不調……私が治した腰！

間違いない、ユーカのことを話している。

「それが本当だとしても、どうしてお前が巫女を捕まえるなんてできるんだよ」

「巫女の乗った馬車をつけて、巫女が馬車を離れた隙に捕まえたんだ。男の護衛ばかりでトイレに立つ巫女に誰も付いていかないんだから、ちょろかったぜ」

声をあげそうになって、とっさに口を両手で押さえる。

わ、私のせいだ……。ユーカに癒《いや》しの練習としてあの男を癒《いや》させたことも、ついでに腰痛を治してユーカの力が強いと思わせたことも……。しかも、私、ユーカにもしっかり護衛を付けてほしいと頼んでなかった。

護衛たちの優先順位は、イシュル殿下と聖女である私だ。それに、何十名もいた護衛だけれど、次の街への連絡などであちこちに行っていて、残っていたのは十名ばかり。狙われるから巫女に護衛が付くなんて、キノ王国では必要なかった。だから、全然気が回らなかった。

「だからな、巫女を売りたいんだ。高く買ってくれる奴知らないか？」

「んー、心当たりがないわけじゃないが、本当に巫女の力があるか確かめさせてくれ。偽者だったりしたら、俺の首が危ないからな」

「分かった。付いてこい」

売る？　誰に？　何のために？

ああ、男たち二人が店を出ていく。後を追わなくちゃ。ユーカを助けないと！

カウンターを見ると、護衛は店主と何か話をしていた。ミルクを温めるのに時間がかかっているのか。でも、大声で呼んで、男に気付かれるわけにはいかない。

私だけじゃ助けられないかもしれないけど、今男たちを見失うわけには……。後をつけて場所だけ確認しよう。それから護衛を呼んで、ユーカを助けてもらえばいい。

男たちが外に出る。見失わないように気を付けながら、怪しまれない程度に距離を取って男たちを追った。幸い、すでに夜だ。月明かりはあるが、建物の陰に入れば相当暗い。見つからないように隠れて進む。

十五分ほど移動すると、崩れ落ちた建物のかけらが道に散らばる、あまり治安がよくなさそうな通りに入った。四つ目の建物に、男たちが入っていく。

「あそこ？　あそこにユーカはいるの？」

そっと近づき、どこかから中が覗《のぞ》けないか探すと、建物の裏の上のほうに明かり取り用の小さな窓があった。

その辺に転がっていた空の木箱を二つ積み上げ、窓から中を覗《のぞ》く。部屋の中はランプがともされており、よく見えた。

「あ、ユーカ……！」

部屋の隅の椅子にユーカが縛り付けられていた。

「この子供が巫女か？」

「ああそうだ。力を試してみろ」

四角い顔の男がナイフを取り出し、自分の手のひらに当てる。すっと小さな切り傷ができた。

「いてっ。ほら、巫女、この傷を治せ」

ユーカが首を横に振った。それに腹を立てた男が大声をあげる。

「治せと言ってるんだよ！　逆らったらどうなると思う？」

ユーカが目に涙を浮かべながらも、再び首を横に振った。

「おいおい、本当に巫女なのか？　まぁ、巫女じゃなかったとしても、まずまずかわいい顔してるから、売れないことはないとは思うがなぁ」

痩《や》せた男の侮蔑したような言葉に、四角い顔の男がカッとなる。

「嘘じゃねぇよ。おい、お前、治せ。治して巫女だって証明しろよ！」

男が、ユーカのほおを強くぶった。ユーカごと椅子が倒れて床にぶつかる。

「ほら、痛いだろう？　自分の傷なら治すか？」

巫女は自分を癒《いや》せない。そんなことも知らないの？

男がしゃがみ込んで、赤くなってきたユーカのほおを手でなぞる。ユーカは答えない。

いや、もしかして恐怖や痛みで答えられないのかもしれない。

「じゃあ、これならどうだ？　顔に傷なんかついたら、治すしかないよなぁ？」

ユーカのほおに、男がナイフを当てた。

「やめてーっ！」

思わず声が出る。

「なんだ？」

男たちの視線が、窓から覗《のぞ》く私に向いた。

「誰だ、お前は！」

「巫女と一緒にいた女だな？　助けに来たのか？　面倒だな。おい、ここから移動するぞ」

四角い顔の男が、ユーカを拘束している縄をナイフで切る。そして、ユーカの腕をひっつかんで強引に立たせた。

ユーカが私を見て驚いた顔をしている。

移動？　やばい、もう見つかっちゃったし、こっそり後をつけることもできない。移動されちゃったら……ユーカが！

「その子は巫女じゃない！　巫女は私」

そう叫んだものの、男たちが信用するか分からない。どうやって巫女だと証明する？

「【癒《いや》し】」

ユーカのほおに、癒《いや》しを。

届け、届け……。普通は、離れた場所に癒《いや》しの力は届かない。

でも、今だけは、届いて。お願い。私の力、強くなったんだから。ルーシェのように離れた場所にいる人にも癒《いや》しの力が……。

ふっと、体から魔力が抜けていくのを感じる。重症患者を癒《いや》す時のようだ。

ユーカの赤くなったほおの色が綺麗になっていく。……届いたんだ。よかった。

「おい、子供のほお、治ったぞ？」

「私もあの場にいたでしょう？　力を使ったのは私。嘘じゃないわ。あなたの腰の痛みを癒《いや》したのも私よ」

私の言葉に、四角い顔の男がはっとする。

「腰が治ったのは誰にも言ってなかったはずだ。お前が、本物の巫女か」

四角い顔の男が、ユーカの手を離してドアから外に出た。痩《や》せた男もそれに続いて外に出ていく。

「ユーカ、逃げて！　大通りに行って誰かに助けを求めて！」

「は、はいっ」

私の言葉に、ユーカは慌てて部屋を飛び出した。

「はっ、偽者を助けに本物が来るとはな！　俺はついてる！」

四角い顔の男が、私のいる建物の裏側に回ってきた。

逃げなくちゃ！　慌てて木箱の上から飛び下り走り出す。

「待て！」

男たちが追ってきた。

逃げなくちゃ。ああ、どこに？　どうしたらいい？

「逃げられると思うなっ！」

怖い、怖い、怖い。どこに逃げればいい？　知らない街、入り組んだ道。どこに助けを求められる？　……怖いよ、怖いっ！

必死に走る。角を曲がったところで、どしんと誰かにぶつかった。

ごめんなさい、じゃない、助けてくださいか……

何か言葉を発しようと思ったけれども、息が上がって声が出てこない。

「我が聖女……」

私を知っている人？　顔を上げて、相手を確かめてひゅっと息を呑む。

月の光でもきらきらと輝く、美しい金の髪。整った顔が驚きの表情を浮かべている。

キノ王国の駐屯地の近くの森で、背中に怪我して倒れていたあの人だ。

どうして、また会うの？　キノ王国では、王都へ向かう道中、それから城の東屋《あずまや》でも会った。

ここはミーサウ王国なのに……。こんなところに、なぜ現れるの？

背中にツーッと冷たい汗が流れる。やっぱり、巫女たちをたらし込んでミーサウ王国に連れ去ろうとする人？

「誰だ、お前は？」

「お前こそ、彼女に何の用だ？」

男たちが立ち止まり、謎の人と睨《にら》み合う。

「おい、剣を持ってるぞ。仲間を呼んでこい！」

四角い顔の男が、痩《や》せた男に叫ぶ。仲間？

「……追われていたのですか？　大丈夫。助けます」

イケメンの金髪が揺れる。私を背にかばい、剣を引き抜いて構えた。

どうしよう、どうしよう。「助けます」って、本当に？　助けたふりをして信用させる計画だったりしない？　疑いすぎ？　でも、おかしい。どう考えたって、ここで会うのはおかしい。ミーサウ王国の人間で、もう巫女を攫《さら》う必要がないとしても、まだ戦争が終わることが伝わっていないかもしれない……

彼が男たちと睨《にら》み合っている間に、私はじりじりと後退していく。

逃げよう。本当に助けてくれようとしているなら申し訳ないけれど、逃げないと……！

ある程度距離を取ったところで、踵《きびす》を返して走り出す。

「おい、待て！」

四角い顔の男の声。

「行かせない」

「くそっ。おい、あっちだ、あっちに逃げた！」

後ろで何が起きているのか。人の足音がバタバタと聞こえる。仲間が来たんだ。ああ、どうしよう。もし、善意で私を助けようとしてくれていたなら悪いことをした。どれくらい仲間を呼んできたのか分からないけど、怪我でもしたら……

「どこだ！」

「捜せ、売れば一生遊んで暮らせる金になるぞ！」

男たちの殺気だった声が聞こえる。

怖い、怖い。必死で走り回り、細い路地に飛び込んだ。

「ああっ」

行き止まり！　目の前は塀。左右には家。どこにも進めない。ど、どうしよう。来た道に戻る？

「どっちだ？」

「あっちに行ったぞ」

男たちの声。も、戻れない。とっさに陰になっている部分にしゃがみ込む。見つからないように、見つからないように……

ジャリッと、後ろで石を踏む音が聞こえ、身を固くする。ああ、見つかったっ。

すぐに後ろから伸びた手に、肩をつかまれ立たされる。それから眼鏡とマスクを外され、髪の毛を下ろされた。

「ハナ巫女」

え？　振り向けば、そこにいたのはマーティーだった。

「マーティー？」

驚きのまま名前を呼ぶと、すぐにマーティーが唇に人差し指を当てた。

「ちょっと我慢してください」

マーティーは小さくそう言い、私のスカートのすそをたくし上げ、足の間に自分の足を差し入れた。

え？　な、なに？

「おい、ここに巫女が来なかったか？」

「その女が巫女か？　引き渡せ！　素直に従わないと痛い目を見るぞ！」

路地に男が数名入ってくる。

慌ててマーティーの胸に顔を伏せると、マーティーが背中の男たちを無視して、唇を私の首筋に当てた。

ふぅ。慣れない感触に思わず息を吐く。

「おい、無視するなっ！」

男がマーティーの肩をひっつかんだ。

「邪魔するなよ。巫女がどうしたって？」

マーティーが振り返って男に小さく唾を吐いた。

「お前、俺の女が巫女に見える？　ふふふ、残念。元巫女の可能性はあっても、巫女の可能性はゼロ」

そう言って、マーティーが再び私の首筋に唇を押し当てる。

「あっ」

小さく声が出た私の顔を男が見た。

「ちくしょー、えらく別嬪《べっぴん》だな。うらやましいっ」

「三年がかりで落としたんだ、邪魔するな」

マーティーが、しっしと手を払うしぐさで男たちを追い払った。

「行こうぜ、ここは行き止まりだ。巫女はいない。他を捜せ！」

男たちがバタバタと去っていった。

足音が通り過ぎるまで、マーティーは「恋人同士の演技」を続ける。えーっと……

「マーティー、あの……ありがとう」

マーティーの顔は、私の首筋に埋《うず》められたままだ。あの、たぶん、もう悪い人たちはいなくなったと思うんだけど……。っていう、私の考えが甘いのかな？

戻ってきてウロウロしてたり、他の仲間が来たりとか、警戒してる？

「マーティー？」

「はっ！」

もう一度声をかけると、マーティーが慌てて手を離して後ろに飛び去る。

素早い。さすが将来を有望視される兵だ……

「ご、ご……っ」

マーティーが慌てて右腕で口元をぬぐった。

「ごめんなさい、ハナ巫女……っ」

えーっと、大丈夫です。ちゃんと体拭いてますから、そこまで汚くないと思います。

でも……。なんか……

「あの、私のほうこそ、その……」

申し訳なくて……いたたまれない。

「あ、そうだ、ユーカ！　ユーカは無事なのかな？」

ユーカが捕らえられていた場所に向かう。いや、向かおうとしたけれど……

「ここはどこだろう？」

やみくもに走って逃げたため、現在地が分からず戻れない。

「とりあえず、宿に戻りましょう」

「そうね。……ところで、マーティーはどうしてここに？」

速足で路地を進みながら尋ねる。

「街に着いて宿を探していたら、ユーカという子に続いてハナ巫女がいなくなったと聞いたんです」

あ。

「ごめんなさい。えーっと、皆にも迷惑かけちゃったんだね……」

宿が見える場所まで来ると、兵たちが宿から出てくるところだった。その先頭にユーカの姿が見える。

「私を助けるために、ハナ様が……！　こっちです」

ユーカ、無事だったんだ！　思わず駆け寄り、ユーカを抱きしめる。

「ユーカ、よかった！」

ぎゅっ。

「だ、誰だ！」

兵たちがざわめいた。

「このお嬢さんは何者だ？」

「誰かのいい人なのか？」

「いや、見た目に騙《だま》されちゃ駄目だ、怪しい人間に違いはない」

ん？　あれ？

「ユーカ？」

感動の再会のつもりが、ユーカの顔にも戸惑いが見えている。体を離して顔を覗《のぞ》き込むと、ユーカがまん丸に目を見開いた。

「その声は……ハナ様……？」

ユーカの言葉に、さらに兵たちがざわめいた。

「え？　いや、聖女様だと？」

「あー、もう、ハナ巫──聖女、顔、戻しましょうか……」

後ろからマーティーが眼鏡とマスクをつけてくれた。

「ほ、本当に聖女様だ！」

「殿下にご報告を！」

「聖女様は無事だ！」

……あれ？　もしかして、眼鏡とマスクがないと私だって分かってもらえない？　……なんてこと、あるの？　でもユーカは分かってくれたけど。いや、声で気が付いた？

兵たちとはあまり交流がなかったから仕方がないのかな？　うん、そうだよね。

それから、殿下のいる部屋に私とマーティーとユーカが通され、事の次第を説明した。

「申し訳ありませんでした。はやり病《やまい》や他のいろいろで、護衛が手薄になってしまいました……」

殿下が深々と頭を下げる。

「いえ、警戒心を持たなかった私の責任です。その……キノ王国と、巫女に対する考え方がこれほど違うという自覚もなく……」

殿下のせいではない。私の危機感が足りなかったんだ。素直に頭を下げる。

「わ、私が、私が悪いんです。私が捕まったりしなければ……」

今度は、ユーカが頭を下げた。

「僕が、ハナ聖女から離れなければ……」

マーティーが悔しそうな顔をする。んー。皆自分が悪かったと思っている……四《よ》つ巴《どもえ》状態？

ふ、ふふふ。思わず笑ってしまう。

「もし、マリーゼがいたら、こう言うでしょうね。悪いのは、誘拐する人間に決まってますって」

私の言葉に、マーティーがふっと表情を緩《ゆる》めた。

「確かに。マリーゼ巫女なら、ハナ先輩は悪くありませんって、怒り出すでしょうね」

急に笑い出した私とマーティーを見て、ユーカがきょとんとしている。

だけどイシュル殿下だけは、頭を下げたままだ。

「……悪者を生み出してしまっているのは、国の責任です……」

「殿下、頭を上げてください。どんどん国の状況が悪くなっていくのであれば施政者の責任ですけど、悪い状態をよくしようとしているなら、施政者が悪いんじゃなくて、過去が悪いんです。だから、えっと……殿下や陛下は、国を悪くしようとしていますか？」

正直、陛下がどんな人か知らないし、ミーサウ王国が現状どうなっているのかも知らない。

だけど、目の前にいるイシュル殿下のことは分かる。決して、悪い人じゃない。私利私欲のために動いているようには見えない。こうして、目下の相手にも頭を下げることができる人だ。

「父王――陛下は、国の未来を選びました。降伏し、聖女を派遣してもらう……そのために、首を差し出すとまで」

「え？」

「宰相たちに止められましたが……」

イシュル殿下が顔を上げて、苦笑いを浮かべる。

「そう、よかった。あの、キノ王国も、聖女を差し出したわけじゃなくて、あくまでも聖女候補なので……陛下の首を差し出すほどのことでは……」

しかも、私は偽者ですし。何かあれば、本物の聖女候補のルーシェは逃がすつもりですし。

「いいえ、いいえ。ハナ聖女……あなたは我々が思っていた以上に聖女様です」

すみません、偽者なのです。申し訳なくて心がぎゅっと締め付けられる。ごまかすように、話を逸らした。

「えーっと、これからは、ユーカも私もルーシェも、必ず誰かと一緒に行動することにしましょうか？　ユーカも大切な未来の巫女ですから」

「わ、私？」

当たり前のことを言ったつもりだけど、ユーカがびっくりした顔をする。

「そうそう。――殿下、今、ユーカは傷を癒《いや》す練習をしているところです。もし、兵や侍女たちが傷を作った時は、練習台になってあげてくださいませんか？　今はまだ小さな傷しか癒《いや》せないと思いますが、何度も何度も魔力が切れるまで力を使い続ければ、成人するころにはずいぶん力が強くなっていると思います」

殿下が頷いた。先ほどまでの思いつめた表情ではないことにほっとする。

「分かりました。では、ユーカ巫女。先ほど紙で手を切ってしまったので、早速癒《いや》してもらえるかな？」

殿下が左手の人差し指をユーカに差し出した。

「え？　わ、私が、で、で、殿下の、傷を？」

ユーカが裏返った声を出す。

「傷を癒《いや》してもらえるなんて、きっと僕じゃなくても皆喜んで練習台になりますよ」

イシュル殿下がにこりと微笑む。

ユーカがイシュル殿下の傷を癒《いや》した後、三人で退出して部屋に戻る。私とユーカとルーシェは同じ部屋に。両隣の部屋には護衛兵。部屋の入り口にも護衛兵。もちろん、宿の出入りは制限されることとなった。


次の日は、厳戒態勢で出発する。あちこちに伝令を飛ばして、夜のうちに護衛の数が増えていた。私たちを襲った人間たちも捕まり、牢屋へ放り込まれたようだ。

……そういえば、あの金髪のイケメンさんはどうなったんだろう？　私を助けてくれたんだよね？　ひとまず、彼らの仲間ではないということは分かった。とはいえ、本当に味方だと信用していいんだろうか？

分からない。何が目的で、私をつけ回しているのか。いや、そうじゃないかもしれないけれど……。でも、どう考えても、会いすぎる。同じ街で何度も顔を合わせるのとはわけが違う。街も違えば国すら越えて偶然会うなんて、どう考えてもありえない。

「ハナ聖女。少し、移動中に話をしても？」

イシュル殿下が馬車に乗り込もうとしたところで話しかけてきた。

「ええ、もちろんです」

「彼も一緒に。――マーティー、話がしたいんだ」

イシュル殿下がマーティーに声をかける。

馬車の中には、私、マーティー、その向かい側にルーシェとイシュル殿下が座り、その後ろにユーカとメイスーが座ることになった。こんな時、大きな馬車はたくさん人が乗れていいね。

大勢なので、殿下と同じ馬車に乗るという緊張感が少しほぐれます。

本物の聖女であれば、さほど緊張せずに殿下と接することができるのかな。下級巫女からすると雲の上の人なんですよ、殿下は……。

そう思い、殿下の隣に座るルーシェの表情を見る。あ、ルーシェもめっちゃ緊張してる。カチコチになってます。

「あの、殿下。お話というのは?」

あまりに緊張しすぎて倒れないか心配なので、さっさと話を進めてもらうことにしましょう。

「昨日、ハナ聖女に言われたことを一晩考えたんです」

昨日、私、何を言ったっけ? 思わず首をひねる。

「施政者が悪いんじゃなく、悪いのは過去だと……。じゃあ、僕は今、この国の未来のためにに何ができるのか……と」

国の未来? 殿下の話は想像以上に大きかった。

「前に、ハナ聖女が提案してくださったでしょう?」

え? 何のことかな。

「元巫女たちをキノ王国から迎え、巫女の知恵を授けてもらってはどうかと」

「はい」

ああ、確かに言った。

「その時の僕は、国内が混乱していて、キノ王国に元巫女たちを派遣してもらうだけの対価を準備できないので、すぐには無理だろうと言いました」

うん。国同士の話し合いとかもあるだろうから、そういうものなのかなと。

「ですが、準備を整えることはすぐには無理でも、考えることは今からだってできると、そう思い直したのです。例えば、これを見てください」

イシュル殿下がベルトを外して、そこについている宝石を指さした。

「我が国で産出される宝石です。赤、緑、青色の宝石があります。キノ王国にはありますか？　欲しいと思いますか？」

うっ。宝石には縁のない生活をしていたから全然分からない。

困ってルーシェの顔を見ると、代わりに答えてくれた。

「確か、聖女様の持つ腕輪に色とりどりの宝石が埋め込まれていました。ある程度入手はできていると思いますが、どれくらい稀少で、キノ王国が手に入れたいと思っているかどうかなどの詳細は分かりません」

答えがある程度予想できていたのか、イシュル殿下は納得するように頷いた。

「では、これはどうでしょう？」

イシュル殿下が今度はハンカチを取り出して開く。そこには、茶色い小石のような塊《かたまり》がいくつか包まれていた。

「これは、なんでしょうか？」

マーティーの問いに、イシュル殿下が塊《かたまり》を一つつまんで口に入れた。

「毒ではありません。皆さんもどうぞ、味見をしてください」

勧められるままに、一つつまんで口に入れる。

「甘い……おいしい」

「本当、砂糖みたいに甘いけれど、砂糖と少し違う味……」

私とルーシェの感想に、イシュル殿下が小さく頷く。

「これはサトウキビという植物から作られる、黒砂糖と呼ばれている砂糖です。キノ王国では砂糖が貴重だと聞いたことがあります。これは対価になりませんか？」

マーティーが少し考えてから口を開いた。

「確かに砂糖は貴重で高価ですが、お金を持っている王侯貴族は十分手に入るはずですし、我々庶民も、年に数度は甘いお菓子が食べられる程度には普及しています。元巫女を派遣する見返りにというほどの価値があるかは……」

するると、イシュル殿下は、

「では、こちらはどうでしょうか」

と、次々に品物を取り出しては、その価値がキノ王国ではどの程度のものなのかを聞いてくる。だけど、そのどれもがキノ王国にはない、もしくは、なくてはならないものではなかった。

「やはり、これらの品では難しいですか……」

「私たちと、陛下の考えは違うかもしれません。もう少し、いろいろな情勢に詳しい人がいればいいのですが……」

「いいえ、参考になります。もしよろしければ、この先の道中、キノ王国では見ないようなものがあれば教えていただきたいのです」

「はい。もちろん、協力させてください！」

話がまとまったころ、ちょうど次の街に着いた。

馬車を降り、ルーシェとユーカと三人態勢で癒《いや》しを施《ほどこ》していく。ここは、近隣の村から集まっている人たちが多かった。癒《いや》しは応急処置程度にしか施《ほどこ》せないため、村に戻るのに体力を使わせて、その後悪化させるわけにはいかない。

そうなると街で数日過ごしてもらわなければならず、そのための場所や、看病するための人員、食料などについて、殿下が街の責任者と打ち合わせることになった。

ふと気付くと、マーティーが難しい表情をしてこちらを見ていた。どうしたんだろう？

でも癒《いや》し中の今は、他に気を取られている場合ではない。

集まっている人たちの中で、命の危険がある人から癒《いや》していく。容体が急変する可能性がある乳児や老人は完治。それ以外の人たちは応急処置を。完治させない理由が、聖女の力も無限ではなく、魔力がなくなれば癒《いや》せなくなるということを、メイスーが周囲に説明してくれている。

「後はゆっくり休んで水分をしっかり取り、消化がよいものを食べれば大丈夫」

何人か動けるようになった人が、水分補給のための飲み物を作り始めた。

「湯を沸かして、砂糖と塩を溶かしたものを飲ませるんだね？」

そう言って、小さな子供を背負った女性がてきぱきと動き出した。

「なるほど。お腹を壊さないように湯冷ましを飲ませることはあるけれど、砂糖を入れるというのはよく考えられているね。砂糖は栄養があるから、病気の子供になめさせることがある。水分と一緒に取れれば、食欲が戻らなくても栄養が取れるってことだね」

え？　見れば、女性は黒糖を手に持っている。イシュル殿下が馬車で見せてくれた褐色の小さな塊《かたまり》だ。

「砂糖に、栄養？」

そんな話は聞いたことがない。もしかして、キノ王国の白い砂糖と、この黒糖と呼ばれるものは、同じものではないのだろうか？　甘いという共通点はあるけれど。

「そうさ。聖女様の国では使わないのかい？　ああそうか。巫女様が病気を治してくれるから必要ないか」

「いえ、そんなことはありません」

女性の言葉に、私は首を横に振る。

庶民の癒《いや》しを行う下級巫女や中級巫女の力は決して強くない。症状を軽くすることはできるけれど、その後は自力で治してもらうことが多い。

だから、栄養のある食べ物としていくつか伝えられているものもあるのだ。だけど……

「ただ、キノ王国には黒糖がないんです」

「おや、そうなのかい？　もしかして、これじゃあ駄目だったかい？」

どうなんだろう。もともとミーサウ王国で、病中病後の栄養補給として使われていたものなんだからだ、駄目ではないはずだ。

「大丈夫だと思います」

「うん、じゃあ、作るね。赤ん坊には飲ませられないけれど、ミルクを飲めば大丈夫だろうから……できれば、授乳中の母親たちも完治させてもらえるとありがたいね」

え？　授乳中の母親？

「聖女様は子育てしたことがないから知らないだろうけど、病気になっちまうと、乳の出が悪くなるんだよ。普段なら出のいい知り合いに協力してもらうんだけど、誰もかれも病気になっちまうと、もらう人もいないだろう？」

……そうか。確かに、知らないことだ。

知らないんじゃない……結婚しないと決めている私は、子育てのことなど知ろうともしなかった。駐屯地にずっといて、周りに子育てしている人もいなかったから、なおさら……。いえ、知ろうと思えば、子供のいる兵にだって、小さな弟妹のいる巫女たちにだって、誰にだって聞くことができたはず。

知ることから逃げてたのかな？　……なぜ？

「……分かりました。完治させるので、授乳中の女性に声をかけてください。それから、赤ちゃんでも砂糖は甘いので飲みますよ？」

「そうか。キノ王国の砂糖は大丈夫なんだね。この黒糖は、はちみつと一緒で赤ん坊が口にすると死ぬことがある。加熱しようが何しようが、絶対に口に入れさせては駄目なんだよ」

「そうだったんですね。教えてくださってありがとうございます」

危ない。知らないということは危険だ。

「お礼を言うのはこっちのほうさ。塩も入れるなんて不思議だと思ったけれど、確かに汗はちょっとしょっぱいからね。体から塩が出た分入れないといけないと言われて、なるほどと思ったよ。分量はこれでよかったんだね？」

黒糖を使うと分量が多少変わるのかもしれない。けれど、今は分からないので、ひとまずキノ王国の砂糖と同じだけ混ぜてもらうことにした。

黒糖か……。

その後人々を癒《いや》しながらも、黒糖のことがずっと頭から離れなかった。


昼になり、急を要する患者がいなくなったところで、休憩を取ることになった。

いつの間にか、馬車の前に天幕が張られている。その中でメイスーがいろいろと用意してくれた。

イシュル殿下、マーティー、ルーシエ、ユーカ、メイスーと私の、いつものメンバーでの昼食だ。

野菜と肉を焼いたものを挟んだサンドイッチ。それから、お茶が出てきた。

「甘い……」

一口飲むと、口の中に優しい甘さが広がる。

「ああ、黒糖が入れてあるんですよ。甘くないほうがよかったですか？」

イシュル殿下の言葉に、ルーシェが首を横に振る。

「わ、私は、甘いほうが好きです。おいしいですっ！」

「これは、黒糖が入ってるんですね」

確認するように尋ねると、イシュル殿下が頷いた。

「ミーサウでは、お茶に砂糖――黒糖を入れるのは普通なんですか？　それとも贅沢なことですか？」

キノ王国では、甘いお菓子は庶民にとって年に何度か食べられるくらいの贅沢品だ。甘いお茶なんて普段は口にすることもない。

「いいえ、普通ですよ。我が国は南北に長いのですが、南のほうは一年中暖かく、黒糖の原料になるサトウキビの生育には非常に向いているんです。南へ行くほど、黒糖がたくさん生産されています。生産量が多い地域ほど、お茶も甘くなりますよ」

そこまで言って、ふっとイシュル殿下が笑った。

「殿下のおっしゃる通りです。王都ですと、これくらいの甘さなのですが、南方地域のお茶はすごく甘いんです。暑くて体力が落ちても黒糖茶を飲むと元気になると言うのですが、あれはさすがに……」

メイスーが黒糖茶の味を思い出したのか、ちょっと辛そうな顔をして言う。

キノ王国では黒糖は普通に流通しているんだ。きっとミーサウ王国の塩くらい、特に贅沢なものでなく……

栄養価の高い黒糖か……。神殿での治療で、水分補給のための水の作り方を教えても、庶民が実行することは難しい。砂糖が高価だからだ。神殿では命の危険がある人のために、ある程度砂糖と塩の備蓄をしている。

マーティーは黒糖を見た時に、砂糖が欲しい貴族はすでに手に入れているだろうからそれほど価値はないようなことを言っていた。

けれど、私は欲しい。庶民ももっと気軽に水分補給のための水を作れるようになればいい。

熱を出した時に、下痢が止まらない時に、脱水症状を起こさないように。嗜好品《しこうひん》としての砂糖じゃない、命をつなぐための砂糖として。

……キノ王国に黒糖の有用性を訴えてみよう。確か、神殿の砂糖は国か領主から供給されているはずだ。高価な砂糖がそれよりも安価な黒糖で済めば、喜ぶ領主もいるんじゃないだろうか？

国に訴えるのが難しければ、ガルン隊長に話をしてみようか。領地単位で輸入とかそういうのは無理だろうか？

お金がないから、砂糖を買えない。だから脱水を防ぐことができずに命を落とすなんて……悲しすぎる。いやだ。助かる道があるなら、なんとかしたい。

イシュル殿下の話ぶりからすると、黒糖が元巫女の派遣を交渉する際の取引品目になることは構わないのだろう。問題は、キノ王国だ。

巫女の出国には後ろ向きだった。宰相が特に嫌な顔をしていたっけ。……私は能力の低い下級巫女だからルーシェに付いてキノ王国を出ることを許されたけれど、元巫女を派遣することに対してはどうだろう。もう巫女ではないから許可するのか。それとも、元巫女といえど、反対されるのか。

そもそも、本当に戦争を終結するつもりがあるのか。今はキノ王国もはやり病《やまい》で混乱しているけれど、落ち着いたら難癖をつけて戦争を再開するつもりなのか。それとも、国力の弱ったミーサウ王国に付け込んで、属国にしてしまおうとでも思っているのか。

政治のことは全く分からない。巫女のことなら分かるんだけど。

ふと、キノ王国で見てきた巫女たちの姿を思い出す。駐屯地で一緒に働いていた下級巫女にはいろいろな事情があった。結婚するためだけにという子もいれば、熱心に仕事に取り組んでいる子もいた。マリーゼもそうだ。必死に癒《いや》しを行っていた。助けたいという強い思いがあって、巫女になったのだろう。

神殿の中級巫女たちの中には、命を落とすまで癒《いや》し続けた巫女や、常に限界まで癒《いや》しを行っていた巫女がいた。

領都の上級巫女は——うん、癒《いや》したいという気持ちはちょっと欠けてたみたいだけど。

助けたいっていう気持ちの強い巫女はたくさんいる。そんな巫女たちが一斉に声をあげたら？　多くの巫女たちが黒糖が必要だと声をあげれば、国は動かないだろうか？

そのために、私はどこまでできるだろう。

ぐっとこぶしを握り締める。

「ハナ様、お疲れですか？」

「え？」

気が付けば、心配そうないくつもの目がこちらを向いていた。ああ、考え事をしていて、つい難しい顔しちゃったのね。

「ううん、大丈夫です。ちょっと考え事をしていたので……。さぁ、治療を再開しましょうか」

立ち上がると、ルーシェがそっと私の袖をつかんだ。

「本当に、大丈夫ですか？　無理してないですか？」

「ふふ。大丈夫よ。これくらいで疲れないのはルーシェも知っているでしょう？　それに、ユーカが疲れを癒《いや》してくれているからね」

にこっと笑って見せれば、ルーシェはほっとした顔をした。自分が巻き込んだという負い目があるんだろうか。ルーシェは私にちょっと気を使いすぎている気もする。

違うな。そう思われないよう、私が辛そうな顔をしちゃ駄目なんだ。心配かけちゃう。

ああでも、きっとルーシェは他の誰かが辛そうな顔をしても心配する。優しい子なのだ。

黒糖のことは、まずはガルン隊長に相談してみよう。ガルン隊長なら、下級巫女の私の話も真剣に聞いてくれるはず。……って、ガルン隊長に話をするのが当然みたいになっちゃったけど、もう会えるかどうかも分からないんだった。手紙を出すしかないんだ。

キノ王国に帰ることができるのかさえ、分からないんだもん。

……隊長、そろそろ私がお城にいないことに気付いたかな？

氷の将軍とうまくいったなんて誤解したままだったらどうしよう。やだな。

あれ？　なんで、嫌なの？　今までは氷の将軍のことが好きだっていう噂話は便利だと思っていたのに……

そうやって途中で横道に逸れながらも両国のことを考え続けたけれど、なかなか考えがまとまらないまま終わった。

# 第二章　行き遅れ巫女、癒《いや》される

「聖女様、ありがとうございました」

治療を終えて街を馬車が出る時に、街の人たちがたくさん見送ってくれた。

「聖女様ばんざーい」

「聖女様ばんざーい」

「聖女様ばんざーい」

馬車の窓を開けて、私は小さく手を振った。逆側の窓からはルーシェが手を振る。……ごめん、偽者で。ちくりと心は痛むけれど……笑顔で見送られるのは嬉しい。よかった。

街を離れると、マーティーが馬を寄せて馬車の窓から顔を覗《のぞ》かせる。

「ハナ巫女、少しお話ししたいことが……」

マーティーの表情はあまり明るいものではない。なんだろう？

いったん馬車を止めてもらい、マーティーの馬に乗せてもらう。

「話って？」

マーティーの馬の周りには、距離を置いて護衛の乗る馬が取り囲んでいる。

この距離なら、声を潜《ひそ》めれば他の人には聞こえないだろう。

「……これ以上、癒《いや》しの力を見せるのはよくないかもしれません……」

「え？　どういうこと？」

「ミーサウ王国では、長年巫女がいないことが当たり前の生活を送っていました。つまり、話では聞いたことがあるけれど、実際に巫女や聖女がどう癒《いや》すのかは知らなかった。そんな中、目の前で見て、体験して、知ってしまった……すると、どうなるでしょう」

何が言いたいのだろう。マーティーが真剣な目つきで私の答えを待っている。

「笑顔になる？」

街の人たちの笑顔を思い出し、心が温かくなった。

「ふふっ。そうですね、ハナ巫女。確かに、街の人たちは笑顔になりました。だけれど……聖女が街を去った後は？　また、今後死にそうな病気や怪我を負ったら？」

あ……。頭が一瞬真っ白になった。

子供のころのことを思い出す。住んでいた村をはやり病《やまい》が襲った。次々と亡くなっていく人たち。ママもパパも……家族だけじゃない。仲がよかった友達も、優しかった村の人たちも……。巫女がいれば……と、あの時確かに考えた。

同じような思いを、ミーサウの人たちはするかもしれない。もし、ここに巫女がいれば助かったのに、聖女がいれば救われたのに、なぜいないのか！　どうして、なぜ！　──と。

一気に血の気が引く。目の前で命の炎が消えていくのを、ただ、見ているしかない……そんな苦しみ。

パパ！　ママ！

誰か、誰か助けて！

お兄ちゃん！　おじさん！　おばさん！

誰か、誰かっ！

巫女様、なんで、巫女様はいないの？　私に、力があれば……私に、巫女の──

「ハナ巫女っ！　大丈夫ですか？」

はっ。マーティーの声に現実に引き戻される。

「顔が真っ青です」

「ご、ごめんなさい、大丈夫……」

救う手段が「ある」と知っているからこそ、今ここに「ない」ことに苦しむ。

……救う手段がどこにもないと思っていれば、知らずに済んだ感情……

「ハナ巫女……そんな顔をさせたかったわけじゃないんです……。でも、ちょっと心配で。聖女の力は万能ではない。だけれどあれだけ奇跡的な力を見た街の人たちは、どんどん聖女への期待を膨らませてしまう可能性はありませんか？」

確かに、そうかもしれない。この国では、巫女が身近にいないから、巫女によって能力の差があることすら知らない。知らないから、今見たものだけがすべての情報となる。それゆえに、「巫女は皆、あっという間に病《やまい》を治せる」と勘違いしてしまうかも。

「……巫女や聖女を求める人が増えると……」

そうだ。巫女が攫《さら》われる……いいや。下手したら、何年後かに、巫女をめぐって再びミーサウ王国とキノ王国で戦争が起きる可能性すらあるのでは？　……と、マーティーは心配しているのかも。

……だけど、でも……

「マーティーどうしたらいい？　……私には……」

見て見ぬふりをして、街の人たちに癒《いや》しを行わずに街や村を通過するなんてとてもできない。

「ハナ巫女……僕は、その……」

マーティーが言葉を探している。

「聖女のように力のあるハナ巫女じゃなくて、下級巫女の……その、ちょっとだけ楽になる下級巫女の癒《いや》しも好きでした」

え？

「えっと、少しだけ痛みが引くとか、五日かかるものが三日になるとか、そういうほんの少しの癒《いや》しだったんですけど……。その、小さなころに親に背中をさすられているような——大丈夫、大丈夫、よくなる、よくなるって励まされてるみたいで、体が温かくなって……」

「それは、もっと最低限の癒《いや》しにとどめるっていうこと？　今でも完治させるのは、乳児や老人、体力のない人たちだけで、後は応急処置にしているのよ？」

マーティーが顔を横に振った。

「そうじゃなくて、えっと……下級巫女のハナ巫女も好きです。下級巫女たちが、必死な顔をして癒《いや》してくれているのが分かっているから感謝しかなくて……。なんて言うか、今の魔力を回復しながら癒《いや》しを行っているハナ巫女は、僕には必死に取り組んでくれているのは分かるのですが……もしかすると、街の人たちには、涼しい顔で癒《いや》していると思われているかもしれません」

え……っと、それって……

マーティーは何か大切なことを私に伝えようとしている。それは何？

「涼しい顔で、癒《いや》しを……？　必死さを感じないということ？」

言われてみれば、下級巫女として働き始めた時は、本当に必死だった。小さな傷を癒《いや》すだけでも全力で、額《ひたい》に汗を浮かべて……。マリーゼもそうだ。魔力を回復しながら癒《いや》す方法を知らない時は、全力で二人癒《いや》してふらふらになっていた。

「だから、その……限界がある、苦しむ、それ以上無理だ、ということを……何人も無限に癒《いや》せるわけじゃない、巫女も聖女も万能じゃないと、そういうことが伝わったほうが、その……」

ああ、そういうことか。下級巫女に癒《いや》してもらっていた時には、少し楽になっただけでも感謝の気持ちがわいてくるのに、聖女が下級巫女程度しか癒《いや》さなかったらがっかりされる、みたいな……万能だと思われるというのは、そういうこと？

本当は万能じゃないのに。私もルーシェも、一日が終わればぐったりして死んだように眠っている。いくら魔力を回復してもらいながら何人も癒《いや》せるといっても、限界がないわけでも楽をしているわけでもない。疲れは蓄積するし、何日も寝ずに癒《いや》すことはできない。それなのに、巫女を知らないこの国の人たちが、私たちを見て巫女の力は万能だなんて思ったりしたら。

今後、この国の巫女の在り方におかしな影響を与えるかもしれない。

「マーティー！　あなたの言う通りだわ！　うん、きっとそうね。過度に期待させては駄目よね！　巫女さえいればどんな怪我や病気でも治してもらえるなんて、そんな風に思われては駄目よね」

巫女がいるからと、病気や怪我への予防や警戒心がなくなってしまう危険もある。

巫女が期待通りの力を発揮しなかったからと、罵倒の対象になる恐れもあるだろう。

巫女に必要以上に無理をさせることがあるかもしれない。

私たちは、ただ奇跡のような力を見せて回るよりも「巫女の本来の能力」というものを見せながら癒《いや》していく必要があるのかもしれない。

でも、それはどうしたらいいのだろうか？

「ちょっと、皆に相談してみる」

そう言って、すぐ近くにあるマーティーの顔を見上げる。

マーティーは頼りになる。

そうだよね。もう、新兵じゃないんだもん。私が思っている以上に大人なんだろうなぁ……。

もう十九歳、これからすぐに二十歳になるんだよね。結婚を考える歳になってきているんだ。いつまでも、子供じゃない……

マーティーの馬に揺られながら、今度は癒《いや》しのやり方についてぼんやりと考える。

ユーカには、癒《いや》しの練習も兼ねて症状の軽い人を癒《いや》してもらうようにしたらいいだろうか。

ルーシェは聖女候補で力が強いから、乳児などの体力のない人や重症者を癒《いや》してもらう？　そうすると四人か五人くらいで限界がくるだろう。

二人とも限界になったところで、休憩をと言って、時間を空ける？

ああ、でも一つの街であまり時間をかけたくはない。どうするのが一番よいのか……。

完治させる人をなくす？　乳児や老人も、完治する手前までにする？　そうすれば巫女や聖女の力も万能じゃない感じに見える？　うーん。

でもなぁ、やっぱり、治せるなら治してあげたいもんなぁ。

「敵襲っ！」

え？

護衛の一人の叫び声に緊張が走る。

「矢を打たれた！　聖女様の馬車を守れ！」

声は前方の兵から聞こえる。目を向けると、何本もの矢が飛んでいるのが見えた。

護衛兵の腕に矢が刺さっている。癒《いや》さないと！

私はとっさに腰を浮かせる。

「ハナ巫女は、馬車の中にっ」

その瞬間、私の体をマーティーが力強く抱きかかえ、馬の頭を馬車に向けた。

突然の敵襲に、護衛兵たちも混乱している。御者《ぎょしゃ》も、このまま速度を上げて走っていくべきか、護衛兵たちが敵を壊滅させるのを待つべきか、それとも護衛兵に守られながら進んでいくべきか迷っているようだ。

「馬車を止めてくれ！　ハナ……聖女を乗せてくれ！」

マーティーが慌てふためく御者《ぎょしゃ》に声をかける。どうやら、先ほど馬車を止めて私が外に出ていたことも頭になかったらしい。

御者《ぎょしゃ》が私の顔を見て、慌てて馬車を止めようと手綱《たづな》を引く。

「馬車が止まるぞ！」

「馬車の中に聖女がいるはずだ！」

敵の声が届く。

マーティーがその声に顔をゆがめる。

「くっ、どうすれば……。馬車は狙われる。かといって……このままじゃ」

マーティーは、馬車をめがけて剣を振りかざした男を槍で突き、馬車からいったん離れた。

「ハナ巫女、つかまっていてください」

マーティーに言われるまま、腰にしっかりと手を回してしがみつく。

マーティーは手綱《たづな》から手を離すと、両手で槍を持ち、ぐるぐると回すようにして矢をはじいていく。近づく兵が見えると、槍で肩や足を狙い地面へと倒した。

すごい……マーティー、さすがナンバーズだ……

初めて目にするマーティーの華麗な槍捌《さば》きに、そんな時ではないと分かっていても見とれずにはいられない。

「矢がっ！　マーティー！」

殿下の声に反応して、マーティーが私の体を包み込んだ。

「っ！」

小さなうめき声。

「マーティー？」

「ハ……ナ巫女、すみません、他の護衛に……」

苦しそうな声が、頭の上で聞こえる。

「矢が、矢が刺さったのね？　今、癒《いや》しを」

矢を抜いて癒《いや》さないと……矢が体の中に残ったまま癒《いや》すわけにはいかない。

マーティーのどこに矢が？

マーティーの苦しむ様子に、近くの護衛兵たちが気が付いたようだ。

「聖女様をお守りするんだ！」

「矢を射るな！　こちらに聖女様が！」

護衛兵たちの叫び声に、マーティーが舌打ちする。

「敵に場所を教えて……どうする……。ハナ巫女……すみません。馬から落ちないように僕が支えるって、約束、守れそうになくて……」

マーティー？

「落ちないように自分で、手綱《たづな》を……しっかり、握っていて……」

と、マーティーに手綱《たづな》を手渡される。

空いた手で、マーティーは槍を手に取った。

「い、癒《いや》さないと。マーティー、矢が刺さっていたら、完治はさせられないの、どこに矢を受けたの？」

とりあえず、少しでも痛みが引くように、小さな癒《いや》しを施《ほどこ》す。するとマーティーがかすかに笑った。

「ハナ巫女の……癒《いや》しは気持ちいい……」

マーティーはそれだけ言うと、槍を右側に突き出した。

「ちっ」

男の舌打ちが聞こえる。

敵……と言われた人たちは馬には乗っていない。

だから、馬上から長い槍で突《つ》かれれば、馬に近づくのは容易ではないだろう。

だけれど、人数が……人数が桁違いだ。こちらの護衛の三倍はいる。

右へ、左へと、マーティーは近づく敵に次々と槍を向ける。決して相手に致命傷を負わせるわけではないが、行く手を阻《はば》むには十分な攻撃だ。

「くっ、ハナ、巫女、ごめん、癒《いや》しを……痛みがまた……」

「マーティーっ」

腕に血が流れてきた。動いているから、血が……

このままじゃ、マーティーがっ！

「近づけねぇぞ！」

「矢を射ろ！」

「駄目だ！　聖女に刺さるかもしれないっ」

敵の声が遠くに感じる。

私は手綱《たづな》を手放し、マーティーに抱き着いた。

「何をっ！」

肩、背中、腰……

手足に矢はない。だとすると、見えない場所だ。手探りで矢を探す。

「あった！」

肩甲骨《けんこうこつ》の少し下。ああ、肺や心臓にまで達していなくてよかった……

いいえ、違う。マーティーの呼吸は速い。息がうまく吸えていない？　ということは、肺に穴が？

急いで癒《いや》さないと。

「マーティー、今から矢を抜くから、少し痛いかもしれないっ」

これ以上肺を傷つけないように慎重に引き抜きたいけれど、とてもそんな余裕はない。

馬上で、迫りくる敵の攻撃をかわすマーティー。ちょっと止まってなんて言えるわけもなかった。

「三で抜くからね？　いち、にの」

刺さっている矢の根元を両手でしっかり持つ。

「さんっ！」

思いっきり引っ張る。怖がって恐る恐るなんてしてたら、かえって痛みが長引く。大丈夫、すぐに癒《いや》してあげるから。

「ぐっ」

マーティーが痛みに体をこわばらせて動きを止める。

「隙ありっ！」

その瞬間を狙って、敵の男の一人がマーティーの足を切り付け、別の男がマーティーの手を引っ張った。

「ハ……ナ……」

落ちる。

マーティーの体が、馬上から落下するのがスローモーションで見える。

私も一緒に落下するかと思ったけれど、太い腕に支えられて馬から落ちることはなかった。

いや、支えられたんじゃない。捕らえられたのだ。

いつの間にか馬には知らない男……敵の一人が乗っていた。

その男の腕に、私は拘束されている。

「離してっ」

「聖女は捕まえた。撤退するぞっ」

馬の腹を蹴り、男が東へと向く。

男たちが逃げようとするが、護衛兵が足止めのため矢を放つ。

敵たちは盾を手に矢を防いで逃げるものの、その近くにいた護衛兵たちは矢を防ぐ手段がない。矢を受けた馬が暴れ、追うに追えない様子だ。

その混乱した護衛兵たちの足元に、マーティーが微動だにせず倒れている。

「マーティーっ！」

肺の穴が広がってしまっているのかもしれない。出血しすぎたのかもしれない。死んじゃう！　このままじゃ死んじゃう！

届け！　届け！

距離があってもユーカのほおの傷を癒《いや》すことができたじゃないか！

「マーティーに、【癒《いや》し】をっ！」

思い切り手を伸ばし、マーティーを癒《いや》す。ああ、どんどん距離は開くばかりだ……。届け、届けぇーーーっ！　大切な人を癒《いや》せなくて、何が巫女だ！

命をつなぐことができれば、後はルーシェが癒《いや》してくれるだろう。

その時、ぴくりとマーティーの手が動いたような気がした。

生きてる。

生きてる……よね？

マーティーの姿が見えなくなったところで、意識が朦朧《もうろう》とする。ああ、力を使い果たしてしまったんだ……。他の怪我した護衛とか、皆無事だといいな……。ルーシェとユーカの二人がいれば……きっと、大丈夫……。うん、本物の聖女候補のルーシェが無事で……よかったね……


「おい、着いたぞ、いつまで寝ているっ」

男の声で目を覚ます。

いつの間にか、馬を下りて男の背に背負われていた。

馬車を襲った男たちだ。動物の毛皮で作った帽子とブーツを身につけ、山に溶け込むような色合いの茶色や緑の服を着ている。明らかに、ミーサウ王国で見た街の人たちと服装が違う。

「あそこが、我ら山の民の村だ」

山の民？

男の足元のすぐ横には崖。後ろを振り向くと、とても馬では進めないような険しい山道が続いていた。いや、道と呼べるかどうか……

村と言われた場所は、山の岩肌にいくつものくぼみがあり、その一つ一つが家となっているような不思議なところだった。

「ほら、癒《いや》せ」

穴の一つに連れてこられた。一番奥にあって、神殿の治療院が三つ入りそうなくらい大きな穴だ。特に何もない、岩肌がむき出しの穴。

薄暗さに目が慣れると、ひゅっと喉の奥が鳴った。たくさんの人が寝かされている。皆苦しそうな様子で……。街で見た、はやり病《やまい》に侵《おか》された人たちの姿と重なる。

「こんな山奥にまで、はやり病《やまい》が？」

「俺が……街から持ち帰ってしまった……」

太い腕の男が私の背中を押す。

寝かされているのは十人ほど。いや、寝かされているのではない。起き上がれないほど重症化しているんだ。小さな赤子を抱いた女性もいる。

「【癒《いや》し】」

そっと赤ちゃんに触れると、赤ちゃんの呼吸は落ち着いた。

それから、街で教えてもらった話を思い出す。母親も癒《いや》しさないと赤ちゃんがおっぱいを飲めないと。だから次に母親を癒《いや》した。

ああ、頭がくらくらする。

たった二人癒《いや》しただけなのに……

そうだ。マーティーを離れた距離から癒《いや》したから、魔力が尽きて……まだ少ししか回復していないんだ。

命をつなぐだけの癒《いや》しですら、あと何回できるか。

「【癒《いや》し】」

はぁ、はぁ、苦しい。

「【癒《いや》し】……」

ああ、駄目だ、もう……。次の人を癒《いや》そうと手を伸ばそうにも、思うように体が動かない。

「何をしている、さっさと治せよっ！」

男の怒鳴り声が聞こえる。

「で……きな……い」

力を回復させないと……。今にも倒れそうだ。

だらりと両手を垂らし、座り込んでしまった私の襟首を男がつかんで立ち上がらせようとする。

「できないはずがないだろう？　お前は聖女だろ？　街で何人も何人も癒《いや》してたじゃないか！」

あれは、巫女に魔力を癒《いや》してもらっていたからできたことだ。一人では、私はこんなにも無力……だ……

「山の民だからと、馬鹿にしているのかっ！」

違う。誰の命だって等しく大切だよ……

でも今はそれを口にすることすら叶わなかった。

誰を優先させるかも判断できないぼんやりした頭で、命をつなぐために、ほんの少しだけの癒《いや》しを施《ほどこ》すけれど……

「癒《いや》せない……ごめんなさい……」

本当にこれ以上は無理だ。癒《いや》したいのに、癒《いや》せない。癒《いや》せない。

「お前は、聖女だろう！」

男が私の体を激しく揺さぶる。

「違う……私は……聖女の身代わり……」

情けなくて、涙が伝う。もし私が本物の聖女だとしても、一人じゃ癒《いや》せる人に限りがある……

「なんだとっ！」

激高した男に顔を殴られる。殴られた勢いでそのまま両手を地面についた。

「ふざけんなっ！　それでも、さっき癒《いや》してただろう、なんで、俺の妹は癒《いや》せないんだよっ！」

妹？

「レイルー、レイルー、しっかりしろっ」

男が患者の一人に話しかけている。

「治せよ、妹を！　レイルーを治せっ！」

無理。今は……

ぼんやりと壁にもたれかかる。休んで力を回復させないと……

「っ！　レイルー？　レイルー？」

男の声が頭に響く。

ああ、あれは。知ってる。

助けたいのに、大切な人を助けられなかった人が発する声だ。

傷口から血が噴き出すように、心の傷が言葉となって漏れて……

「レイルーさんは……」

声を出したとたん、ガツンと頭に痛みが走った。

襟首をつかまれて、壁に強く打ち付けられたのだと理解するまでに数秒かかった。

「お前のせいだ！　偽者だと？　なぜ、聖女のふりなんて……お前がいなければ、間違えずに聖女を連れてこられればっ」

ごめんなさい……

そのまま男に引きずられて、穴の外へ放り出された。

「おい、せっかく攫《さら》ってきた聖女に何してるんだ？」

別の男二人が慌てて近づいてくる。

「こいつは聖女の偽者だ。癒《いや》す力なんてない……レイルーは……」

それだけで、すべてを理解したのだろう。

男二人が私の腹を蹴った。

「偽者だとっ！　ふざけやがって。そのために俺はこんな怪我したのかよっ」

男の腕を見ると、痛々しく包帯を巻いている。

「畜生っ」

もう一人の男が私の頭を蹴った。その拍子に眼鏡が外れて飛んでいく。

「ん？」

男がしゃがみ込んで、マスクをはぎ取る。

「へぇ、なかなか上玉じゃねーか」

ニヤニヤと男が笑う。

「お？　こりゃいい。怪我は治せないが、男を慰《なぐさ》めることはできるってか？」

男二人に腕と足を持たれて、いくつか先の穴の中に投げ込まれた。

……もう、体の自由が利かない。力を使いすぎたせいなのか、頭をぶつけられたせいなのか……

冷たい岩肌の上に寝転がされた。一人が下半身を、もう一人が上半身の衣類に手をかける。

やだ、やだ、助けてっ。体が動かない。暴れて抵抗することもできない。

行き遅れ巫女。

それが私の代名詞だった。こんなことで、巫女の力を失うなんて……

隊長。ガルン隊長……

同じ、巫女の力を失うなら……誰かに恋をして、結婚すればよかった。

そうすれば……ガルン隊長は、笑って送り出してくれたに違いない。

こんなことで巫女でいられなくなった私に、ガルン隊長はもう……笑顔は向けてくれない。

ああ、私、なんで、ガルン隊長のことばかり思い出してるんだろう。だって、私……。だって……

涙がほおを伝っていく。もう、痛みも感じない。頭の傷からどれくらいの血が流れたのか……

巫女のいないこの地で……死ぬのかな。

「あなたたち、何をしているのっ！」

ふと、女性の声が聞こえたと思った瞬間、意識が途切れた。

「大丈夫？　お姉ちゃん大丈夫なの？　ばば様」

「だいじょうぶさぁ、死ぬことはない。そうさなぁ、爪の色を見てごらん。紫色や黄色は駄目な色さね。ばばの目はもうよく見えんよ、代わりに見てごらん」

「あのね、お姉ちゃんの爪の色はね、うーんと肌の色よりちょっと白っぽいよ」

小さな子供と、老婆の声が聞こえる。

「そうかい、そうかい。ちょっと血が足りない色かねぇ。元気になったら、お肉を食べさせてあげるといい」

「うん、分かった！　あのね、クルルのお肉をあげるの。お姉ちゃんが元気になるように」

「ふぉ、ふぉ、そうかい。クルルは優しいの。だが、クルルはいっぱい食べて大きくならにゃいかんからの。大丈夫、ワジカたちが狩ってきてくれるさね」

元気な子供の声にも、老婆の声にも悲愴感はない。

ここはどこだろう。

……そうだ、確か、山の民が住むという村に連れてこられたんだ。村にもはやり病《やまい》の患者はいたけれど、体力のない老人や子供は無事なの？　家が、くりぬかれた山肌の穴にあって隔離に近い状態だから、あまり病《やまい》が広がらなかったのだろうか。

自分の状況を確認したいけれど、瞼《まぶた》が重たくて開かない。喉が張り付いたように声が出ない。

「ばば様、お茶をお持ちしました」

若い女性の声が聞こえてきた。お茶？

「ありがとうねぇ。じゃあ、お茶を飲んでから癒《いや》しを行おうかねぇ」

癒《いや》し？　癒《いや》しを行うって言った？　巫女がいるの？　老婆が巫女なの？

巫女がいるってことは、ここはあの山の民の村じゃないの？　どこか別の場所なんだろうか。

「ねぇ、ばば様。お姉ちゃんも、ばば様と同じなの？　お茶を飲むと癒《いや》せるの？」

え？　お茶を飲むと癒《いや》しを行える？　どういうこと？

「ふぉふぉふぉ、いいや、ばばとは違って、この娘は本物の巫女様じゃよ」

本物の巫女？　どうしてそれが分かるんだろう。

ああ、いろいろと聞きたいことがあるのに体が動かない。

「そうよ、クルル。私と息子を助けてくれたの。あっという間に病気を治してくれたわ」

女の人の声の後、ほんぎゃぁーと、生まれて間もない赤ちゃんの泣き声が聞こえてきた。

赤ちゃんがいるの？　もしかして、さっき癒《いや》しを施《ほどこ》した親子？

「ああ、起きちゃったみたいね。じゃあ、クルル、ばば様をよろしくね」

女の人が出ていったようだ。

「さて、お茶も飲んだしね。巫女の花の力を借りて……【癒《いや》し】」

巫女の花の力？

ああ、気持ちがいい。

そう、春、暖かい地面に寝転んだような気持ちよさ。疲れを取る癒《いや》しを受けたような感じだ。体全体を覆っていた倦怠感《けんたいかん》が少しだけ薄れている。

「ふぅ、ふぅ、ふぅ……」

えっ、荒い息が聞こえる。ばば様の息遣い？　ずいぶん苦しそうだ。

「大丈夫、ばば様っ！」

「ああ、クルル。大丈夫、大丈夫。いつものことさね。ばばも、巫女だった時はこれくらいで息が上がるようなことはなかったんじゃがなぁ……」

巫女だった時？　元、巫女？

え？　でも、今の癒《いや》し……小さな小さな力だけれど、確かに癒《いや》されたのに。

「ちょっと休めば大丈夫さね。クルル、後は頼んだぞ？　何日か食べなくても死にはせぬが、飲まなければ死んでしまうからの」

「うん、分かってるよ。ちょっとずつでも口にお茶を入れてあげればいいんだよね」

清潔な布にお茶を含ませ、口に持っていき、少しずつ飲ませる……と見習い巫女の時に神殿で習った。その通りのことを今、自分がされているようだ。

本当にちょっとしか飲ませられないので、かなり根気がいる作業だ。それを、幼い子供がしてくれているのか。

ああ、私……。生きている。

私を助けようと、必死になってくれている人がいる。

死にたいなんて、死んでしまいたいなんて……

ああ、違う。私は一度死んだんだ。もう、巫女の自分は死んだ。

これからは、巫女でもなんでもない私として生きていかなくちゃいけない。

……巫女の力のない私……

「次は、甘いお水よ。クルルも病気になったらママが作ってくれるの。これ飲んだら元気になるよ」

と、今度は小さなスプーンで、少しとろみのついたものを少しずつ口に入れられる。

これは、黒糖の香りだ。甘い香りにいろいろなことを思い出す。

私は、もしかして巫女の力を持っていることに驕《おご》りがあったのかもしれない。下級巫女にしては力が強くなったことで、いい気になっていたのかもしれない。

あかぎれや、小さな傷に癒《いや》しを行った時の、下働きの人たちの顔。乗り物酔いに癒《いや》しを使った時に怒ったマリーゼの顔。

簡単なことだから、私にはどうってことないことだからと癒《いや》しの力を使ったけれど――

あれが当たり前になってしまったらどうなっていたのだろう。ちょっと怪我しても、ちょっと病気になっても巫女に治してもらえばいいと、そんな思いが皆に生まれたらどうなっただろう。

ふと、マーティーが「万能だと誤解される危険」について口にしていたことを思い出す。今、こうして血を流して、死の淵《ふち》をさまよい、それでも皆に看病されて生き延びて初めて実感している。

――人には、回復する力がある。

巫女に癒《いや》してもらわなければ治らない病気や怪我など、本当は少ないのだ。

巫女がいなければ、巫女の私でなければ人は救えないなんて……そんなの思い上がりだ。力が強くなり、そして巫女に魔力を回復してもらって何人も癒《いや》せるようになったことで、私は人を救えると――私は救う側の人間なのだと、間違った気持ちでいた。

本来、巫女の力は小さい。大きな力を持った巫女は少ないし、そもそも救える人の数も少ない。それなのに、巫女が巫女を癒《いや》せばたくさんの人が救えるというのが当たり前になって、ほんのちょっとしたことでも癒《いや》してもらおうという人が増えてしまったら？

自己治癒能力に頼らず、怪我も病気も、さっさと巫女に癒《いや》してもらえば治るのが普通になってしまったら？

巫女がいなくても、どんな時にはどういう対処をすればいいかという治療の知識が消失してしまうのではないだろうか。

そして、何かのきっかけで、もし巫女の数が減ってしまえば、キノ王国も今のミーサウ王国のようになってしまう。巫女もいなければ、巫女の知識も失ってしまった国に……

私は……ずいぶんと間違ったことをしてしまったのかもしれない。

伝えなければ……。非常事態以外に、巫女が巫女を癒《いや》して魔力を回復する方法を使っては駄目だって。それは、巫女を酷使しすぎてしまい、巫女の数を減らすことになるかもしれないと。伝え続けられていた巫女の知恵もないがしろにされかねないと。

本当に、馬鹿だ。今更、気が付くなんて。

私の手は小さくて、助けられる人に限りがあって、それなのに欲張って、欲張って、巫女の力に固執して……。自分でなんとかしようと思うなんて……

あれほど重かった瞼《まぶた》が、黒糖のおかげなのか、それとも老婆の癒《いや》しのおかげなのか、ゆっくりと開いた。

目の前にぼんやりと景色が見える。やがて焦点が絞られて、小さな女の子の顔が見えた。

ああ、この子が、クルル？

「あり……がと……」

「お、お姉ちゃん！　目が覚めたの？　あ、ばば様呼んでくるね！」

クルルちゃんがびっくりした顔をして、それから嬉しそうに笑って走っていった。

「ばば様ー、お姉ちゃんが起きたよ！　ばば様！」

声が遠ざかっていく。

手を動かそうとしたけれど、力が入らない。ああ、動けないことがもどかしい。

もっと、皆でなんとかできる世の中にしたい。巫女じゃない私でも、巫女の知識を伝えることはできる。

それに、新しい知識を得て広めることもできる。栄養が取れるという黒糖を、キノ王国にも教えてあげたい。それから、老婆が飲んでいた巫女の花のお茶のことも知りたい。

私……。ミーサウ王国に伝わっている知識を集めながら、キノ王国の巫女の知識をミーサウ王国に広めよう。

巫女の力が届かなくても、それでも、たくさんの人が助かるように。

手の届かない人たちが、一人でも……

ほろりと、涙が出た。

巫女の力を失った私でも、何かを失った私でも、新しく何かを得ることができる……

ああそうだ。巫女の力を失いたくないから興味を持つこともなかったけれど……恋愛してみようか。

ふと、ガルン隊長の顔が思い浮かぶ。

結婚しようなんて、ガルン隊長はおかしなことを言っていた。行き遅れて憐《あわ》れに思ったから？　自分も結婚しろと言われていたから？

ガルン隊長も私に負けず劣らず恋愛に興味のない男だったよね。私が恋人を作ったら、隊長はなんて言うだろう。「そんな男はやめて俺と結婚しよう」とか？

ふ、ふふふ。穢《けが》された巫女を、侯爵子息が嫁にできるわけないよね。

きっと、隊長は笑うんだ。「よかったな、ハナ。幸せになれよ」って。きっと、隊長は私の恋人に「ハナを泣かせたらただじゃおかないぞ！」って、そう言ってくれる。

馬鹿。隊長、それは父親のセリフだよ。でも、私には、もう結婚を祝ってくれる両親も兄弟もいないから、隊長が祝ってくれたら嬉しい……。違う、違う、そうじゃない。

会いたい。

もう一度会いたい。

ただただ、会いたい。死ぬ前に一目会いたいって、そう思った。

家族のいない私にとって、ガルン隊長は家族みたいな人だったから……

十五歳から九年、成長を見守ってくれた人。かけがえのない人。

『頑張ったな、ハナ。よく頑張った。だけど、無理しすぎだ。ちょっと休め。いいな、これは隊長命令だ』

そう言って、大きな手で、頭を撫でてくれる……

「あれ？　おかしいな、さっき本当に目を覚ましたんだよ？　クルルにありがとうって言ってくれたよ？」

「うん、そうじゃな。まだ体力が戻ってないから、また眠ってしまったようじゃ。楽しい夢でも見ているんじゃろう。ちょっと笑っているみたいじゃの」

「うん」

「もう大丈夫じゃな」

ひんやりとした手が額《ひたい》に当てられる。

「熱も下がってきたようじゃ」

ああ、声が遠ざかっていく。私は、また眠って……


「飲めるかの？」

次に目が覚めると、老婆の姿が目に入った。

ばば様と呼ばれていた人物だろう。

背中が大きく曲がり、歯の何本かが欠け、髪は真っ白だ。顔はしわくちゃだけど、とても優しそうな顔をしている。

ベッドサイドに置かれたカップに、ばば様が手を伸ばす。

寝転んだままでは飲めない。なんとか起き上がろうと力を入れるけれど、駄目だ。

ああでも、ちょっと前は腕も持ち上がらなかったけれど、今はそれができた。

「ちょっと待っておれ」

ばば様が部屋を出て、すぐに別のカップを持って戻ってきた。

「よいこらしょと」

カップをテーブルに置くと、背もたれのある椅子をベッドの脇に寄せて、ばば様が腰かけた。

「ふぅー」

熱いカップの中身を冷ましながら、ばば様が飲み干す。

そして、体の中に、飲み干した液体を回すように……という表現もおかしいかもしれないけど、体中に染み渡らせているように見えた。

それが済むと、ばば様は私の手を取った。

「【癒《いや》し】」

しわがれた小さな声。だけれどはっきりと自信に満ちた言葉を発する。

ふわりと、温かさが身を包む。ああ、春風が体を抜けていくようだ。温かくて、気持ちがいい。

「起き上がれるかい？」

ばば様の言葉にはっと現実に戻る。

体が、さっきよりも動く。

なんとか上半身を起こし、壁にもたれかかることができた。

「ありがとうございます……あの、あなたは、巫女様ですか？　今、飲んだのはなんですか？」

尋ねると、細い目をさらに細めてばば様が破顔した。

「ぷほほほっ。よほど熱心な巫女じゃったようじゃのぉ。開口一番、巫女関係の話か？ここはどこだとか、もっと先に聞くことがあるじゃろう？」

あ。そういえば……

本当だ。ここはどこだろう。私は、どうなっていたんだろう。

「私……その……」

「よいよい。話は後じゃ。まずは体を治すことを考えるんじゃな。ほら、まずは飲みなさい。水分が不足すれば、人は生きられんからの」

「あ、はい。あの……脱水しないように、クルルちゃんがずっと水分を与えてくれていたんですよね……お礼を言わなければ」

私がそう言うと、ばば様があきれたような目をする。

あ、そうだった。話は後と言われたのに、またいろいろ話をしてしまうところだった。

ばば様が手にしたカップを受け取り、口をつける。

「甘い……」

甘いお茶だ。黒糖入りの。

「ん？　それほど甘くしたはずはないのじゃがな？　砂糖の分量を間違えたか？」

「あ、いえ。私の国……キノ王国では、飲み物を甘くして飲む習慣がないので……」

口にしたのは黒糖入りのお茶だ。ということは、ここはまだミーサウ王国。あの山の民の村？　でも巫女がいるならば別の場所？

「四日間も寝ていたんじゃ。胃がびっくりするから少しずつ飲むんじゃぞ」

「え？　四日間も？」

そんなに寝込むなんて……！

「いや、言い間違えたかのぉ。四日間目が覚めなかったんじゃが、まだ四日しか経っておらぬ。頭の傷はまだふさがっておらぬし、血もたくさん流れた。やっと熱が下がったところじゃ。あと二週間はベッドの上にいる必要があるからの？」

「え？　二週間も？」

「ふぉふぉふぉ、これほどの傷を負って二週間で動けるようになるんじゃ。若いからじゃぞ？」

わ、若い……

「いえ、私、若くないです。あの、もう二十四歳で……」

すると突然、ばば様が私の鼻をつまんだ。びっくりして息を呑み込む。

「若いじゃろ。ワシはもうそろそろ八十じゃぞ？」

「あっ」

「ふぉふぉふぉ、誰に若くないと言われたのか知らぬが、まだたったの二十四じゃ。ワシが同じ怪我をしたら回復するだけの体力がなくて、まっすぐにあの世行きじゃったぞ？」

「そんな……」

「冗談じゃよ。孫たちは、ワシは殺しても死なないって言うじゃろうな」

ほっと息を吐く。冗談でよかった……

「まぁ、若かろうが、生死をさまようような大怪我をしたんじゃ。ワシなら体力が戻るまでに三か月はかかるじゃろう。娘は若いから、たった二週間で済むんじゃ」

たった？　でも……二週間は長い。

長いと感じてしまうのは、私がキノ王国にいたからだろうか。生死をさまようような怪我をすれば、間違いなく神殿の中級巫女に癒《いや》してもらうだろう。そうすれば、すぐに傷はふさがる。流れた血が体の中で作られるまで時間がかかるにしても、五日も寝ていれば動けるようになるはずだ。

「無理して途中で動こうなんて考えるんじゃないぞ？　無理してまた傷口が開けば、ベッドで過ごす日にちが増えるだけじゃからな。さぁ、飲んだら横になるんじゃ。少ししたらまた何か持ってくるからの。まずは黒糖粥じゃ」

黒糖粥？　どんなものなんだろう。栄養はありそう……。えーっと、なんだっけ？　……そう、飲んだら……横に……

「血肉を増やすための食べ物は、もう少し胃の働きが回復してからに……おや。また眠ってしまったかい。……ゆっくりお休み」

次に目を覚ますと、クルルちゃんがベッド脇の机で野菜の筋取りをしていた。

「お手伝いしているの？　……立派ね」

「あ、お姉ちゃん、目が覚めたの？　ちょっと待ってて！　ママに言ってくるよっ！　飲み物用意してもらうね」

クルルちゃんが部屋を出ていく。

少しだけ頭がすっきりしていて、やっと周りの様子を見ることができた。

私が寝かされているベッドは、それなりに立派なものだ。板に布一枚引いただけのような、安宿の硬いベッドではない。綿や動物の毛など、何か柔らかいものが入れられている。部屋の内装はむき出しの岩肌ではなく、木造の建築物そのもので、床板、壁、天井――すべて板張りになっている。部屋の大きさはベッドを五つくらい並べられそうなほどで、一人で寝ているだけにしてはずいぶん広い。

「あら、あら、起き上がっても大丈夫？」

ゆっくりと上半身を起こしていると、お盆に食器をのせた女性が現れた。クルルちゃんの母親だ。

「ちょっと待ってくださいねぇ、ほら、こうすると楽でしょう？」

クッションをいくつか背中と壁の間に挟んで、もたれやすくなるよう調整してくれた。

「さぁ、食べられそう？　ああ、その前に飲み物ね。無理しなくていいわ。自分で口に運ぶのが大変なら、クルル、手伝ってあげて」

「うん、クルルちゃんが食べさせてあげるよっ！」

クルルちゃんが小さな手で、器《うつわ》とスプーンを取った。

「大丈夫です。自分で食べられます、あの……いろいろ、気を使っていただいてありがとうございます。クルルちゃんにも、眠り続けている時に水を飲ませてもらったみたいで……それがなければ、私は今こうしていられなかったかもしれない……」

頭を下げたかったけれど、まだ体の自由が利かず、目線を下げるだけのお礼になってしまう。

その時、部屋の外で男の人の声がした。

「目が覚めたって？　肉がいいんだろう、持ってきた」

「馬鹿っ、肉なんて消化の悪いもの、まだ食べられるわけないでしょっ！」

慌てて、クルルちゃんの母親がドアの外に出て怒鳴り声をあげる。

「それに、この部屋には近づくなって言われてるでしょっ！　男子禁制だからねっ！」

え？　何を言い争っているのだろう。

「いや、だけど、その、謝りたいんだ……」

「何を？　何を謝るって言うの？　彼女をここに連れてきてしまったこと？　それとも、怪我をさせてしまったこと？」

部屋の外の会話はドアが開いたままになっていたため、筒抜けだ。

この男の人は、私を連れてきた人なのか……。妹さんの命を救ってあげられなかった。

ごめんなさい……。胸の奥がズキンと痛む。

「それとも……男たちの暴力から守れなかったことを謝りたいと？」

その言葉を聞いた瞬間、全身が凍り付く。

「本当、最低だわ！　最低よ！　この村に住んでいるのに……ばば様たちが受けた辛い歴史を繰り返すようなことを……。この村は、行き場を失った元巫女たちが隠れ住んでできた村だって、知っているでしょう！　なのに、その村の人間が……巫女を攫《さら》って、そのうえ……」

え？　元巫女たちが隠れ住んでできた村？

「とにかく、彼女の傷が癒《い》えて、体力が回復するまでは絶対顔を見せないで！　治るものも治らないわ……っ！」

そこから先は嗚咽《おえつ》まじりになり、声が小さくとぎれとぎれになる。

「心の傷は……一生治らない……ばば様も……他の、亡くなったばば様たちも……悪夢にうなされて……」

「……すまない……俺は……いったいどうしたら……妹にとても顔向けできないことを

してしまった……」

その時、カチャンと食器の鳴る音が聞こえた。

「お姉ちゃん、もう冷めたと思うよ？　ふーふーしたからね？」

クルルちゃんがニコニコと笑って、とろみのついた液体の入った器《うつわ》を手渡してくれた。

「あ、ありがとう」

クルルちゃんの言葉に我に返る。

……ばば様が、ミーサウ王国の失われた巫女？　この村の人たちが巫女の末裔《まつえい》？

頭に巻かれた包帯。傷口を痛めないように整えられた布団や枕。

意識がない時にも水分を丁寧に与え、何日かぶりに目が覚めれば、徐々に慣らしていくため胃に負担のない食事を出してくれる。

この村には、巫女の知識が残っている。キノ王国から元巫女を派遣してもらわなくても、巫女の知識をミーサウ王国に広めることができるのかも……？

「ねえ、クルルちゃん。この村には、何人くらい人がいるの？」

「んとね、五十人くらい。山を下りて働きに行ってる人も入れると、八十人くらいだって」

思ったより少ない。村人全員が知識を持っているわけでもないだろうし。やっぱり、キノ王国から元巫女を派遣してもらうのが一番近道かな。

甘い黒糖粥を食べながら、ある決意をする。

私が第一号だ。元巫女として、この国に巫女の知識を広める役目を担《にな》う第一号になろう。

いつか派遣されてくる元巫女たちの生活に不便がないよう国にお願いしたり、巫女希望者たちを募ったり、神殿や治療院のような場所を作ってもらったり……。することはたくさんある。

私の仕事は、知識を広めるために何をすればいいのか考え、提案すること。

もし、国中に巫女の知識が広がれば、今まで助からなかった人が助かるようになる。

一人でも多くの人を助けられる。

ぽろりぽろりと涙が落ちる。

「お姉ちゃんどうしたの？」

「うん、あのね、久しぶりにごはんを食べたから、おいしいなぁって……」

クルルちゃんに心配させないように嘘をついた。

いや、嘘じゃない。おいしいって思えることは、私の死んだ心が生き返ってきている証拠だ……きっと。絶望している時は、物の味も分からなくなる。何もおいしいと思えなくなる。だから……。私、きっと大丈夫。

少し食べては寝る生活を三日。

四日目には、形のあるものもしっかり食べることができるようになっていた。

そうして、怪我をしてから八日目には、起きていられる時間も長くなった。

「それでね、クルルはね、起きてから、えっと、お勉強するの。文字を書く練習と、それから計算の練習。村にいる子供はね、赤ちゃん以外は五人いるんだけど、皆で勉強するんだ。先生は、ばば様だったり、マニおばちゃんだったり、いろいろ」

起きている時間が長くなってからは、私が退屈しないようにとクルルちゃんがお話をしてくれるようになった。

「巫女の知識も学ぶの？」

私の問いに、クルルちゃんが首を傾げる。

「巫女の知識ってなぁに？」

「えっと、包帯の巻き方とか血の止め方、あと、病気の時に食べるといいもののこととか……」

「ふぉふぉふぉ、娘よ、キノ王国では巫女の知識と呼んでいるのかえ？」

ばば様がカップをのせたお盆を持って入ってきた。

「いつもありがとうございます、ばば様。でも、もう私は大丈夫です。無理なさらないでください」

ばば様は毎日一回、お茶を飲んで私に癒《いや》しを施《ほどこ》してくれていた。癒《いや》しを行った後はひどく疲れた様子になるので、申し訳なくなる。

「うむ。そうじゃな。そろそろ必要ないかの。若いというのはいいもんじゃのぉ」

ばば様がベッド脇の椅子に座ったので、私は上体を起こして壁にもたれかかった。

いろいろと聞きたいことがあるならば元気になってからと言われて、今まで質問するのを我慢していたけれど……そろそろいいだろう。知りたくて仕方がないことがたくさんある。

「本当に、助けてくださりありがとうございました。自己紹介もしてなくてすみません。私、ハナと申します。キノ王国で下級巫女をしていました」

傷の負担にならないように、小さく頭を下げる。

「下級巫女ってなぁに？　巫女様は巫女様でしょ？」

クルルちゃんの言葉に、ばば様が笑う。

「ほほっ、そうじゃなぁ。どんな小さな力であっても、巫女の力があれば巫女様じゃ。ワシの生まれたころにはすでにそんな世の中じゃったよ」

昔を思い出したばば様の声は少し低く、今まで楽しそうに細めていた目をわずかに開いて私を見た。

「クルル、今日はばばがハナの話し相手をするからの。外で遊んでおいで」

「うん、じゃあ、クルルね、お花摘みしてくるよ！　お姉ちゃん――えっと、ハナお姉ちゃん、お外に出られないでしょ？　お花持ってきてあげるね！」

クルルちゃんが元気に部屋を出ていった。

「そうじゃ。ワシは飲まないから、飲んでみるかの？」

ばば様が、カップを差し出す。

いつも、私に癒《いや》しをしてくれる前に飲んでいた「巫女のお茶」と呼ばれるものだ。

カップを受け取り、揺れる水面に視線を落とす。少し赤みのある色をしている。巫女の花から作られたお茶らしい。シャナ巫女の形見のハンカチの赤い花を思い出す。

カップに口をつけて、一口。

「うっ」

「ふぉふぉふぉ、酸《す》っぱいじゃろう？　初めての人間はびっくりする味じゃて。ほれ、砂糖を入れると飲みやすくなるぞえ？」

と、ばば様が黒糖ののった皿を差し出してくれるけれど、いつもばば様が飲んでいたのと同じように、そのまま飲み干した。そして、体全体に行き渡らせるように意識する。

……けれど、特に何も変化を感じない。巫女の力を完全に失うと、巫女の花のお茶を飲んでも意味がないのだろうか……

「……ハナよ、巫女が巫女の力を失うのはなぜじゃと思う？　そもそも、巫女の力はなんじゃと思う？」

ばば様がじっと私を見ている。力を失うのは、恋をするからだ。

実際、同じ駐屯地で働いていたユーナのように、多くの下級巫女は恋をして力を失い職場を去っていった。

恋をすると、なんて綺麗な言葉で言っているけれど、実際は男女の契りを交わすと、恋などしなくても……力を失う。

でも……なぜ？　そういえば、考えたこともなかった。

「これはな、八十年生きてきたワシの……たくさんの巫女たちの生涯を見届けたワシの考えじゃ」

ばば様が私の手を取った。しわくちゃだけど温かい手だ。

「巫女の力の源《みなもと》は命じゃと思うとる。巫女は生命力を使って人々を癒《いや》しているのじゃ」

生命力……

「だからな、巫女は子を宿すと力を失うのじゃ。当然、自分と、お腹に宿った子供をはぐくむために命を使うからの。子を産んでからは乳をやるために命を使う。一度子供を産めば、体が完全に回復するには五年も十年もかかるじゃろう。産後に無理をすれば、一生元の体に戻らないこともある」

子供ができると力を失う……？

ふと、途中の街で出会った神父様を思い出す。奥さんは中級巫女だと言っていた。はやり病《やまい》に侵《おか》された人々を助けるために、命を失った中級巫女。

結婚していたのに力を失っていなかったのは、子供がいなかったから？

じゃあ子供が成長して体が回復したら、巫女の力も戻るの？　だけど、それならばなぜ、元巫女たちは今も力がないの？

「巫女の力の検査は十歳になってからじゃろう？　小さな子は体を成長させるのに生命力を使うからの。十歳まではとても巫女の力など使えぬのじゃ。それと同じじゃよ。子供を産んで育てて体が回復しても、今度は年齢により体力が落ちていく。三十を過ぎればがたっと体力は落ちるぞえ？　自分の体を維持していくのに精いっぱいで、人を癒《いや》すだけの生命力など余っておらぬのじゃ。だから、巫女の力は戻らぬ。いや、戻ったことに気が付かない程度の小さな小さな力はあるんじゃよ。ただ、気が付かない。病気の子供の背中をさする時、自然と使っておるじゃろうが……気が付かぬのじゃよ」

子供ができれば、産むために力が使えなくなる……けれど、子供ができなかったとしても、年を取ると使えなくなる？　三十歳を越えたら体力が落ちて力が使えない？

「でも、使い続けている人もいますよね？　三十歳を越えても……」

「うむ。そうじゃな。使い続けていると、力は強くなるじゃろう？　強くなった分、小さな魔力で大きな効果を発することができるようになるからの。年齢が上がって衰《おとろ》えた分、成長した分で補《おぎな》っておるんじゃろうな。生命力を削りながら癒《いや》しを続けている。だから……子を生《な》さず、癒《いや》し続けた巫女は短命じゃ」

ドキリと心臓が鳴る。

たとえ三十を過ぎても力が使えたとしても……使い続ければ命を縮める……？

「四十まで生きられなかった者も多い」

四十まで生きられない？　そ、そんな……

「ハナ、そのお茶は、巫女のお茶じゃよ。飲むと少しだけいつもより元気になって、ほんの少し、ワシみたいな年寄りにも巫女の力を使うだけの元気が戻る」

明らかに私が青い顔をしていたからか、ばば様が微笑む。

私が何を考えていたのか分かったのだろう。

「大丈夫じゃ。生命力を削って癒《いや》しを行うと言ったがの、ワシがハナに使った癒《いや》しは別じゃ。巫女の花から作られたお茶の力を使って癒《いや》しを行うんじゃ。ワシの力……ワシの生命力を削ったわけじゃないて」

よかった。ばば様の命を削っていなくて……

あれ？　巫女のお茶の力で癒《いや》しを行えるって、私も今お茶を飲んだから癒《いや》せる？

「ふぉふぉふぉ、面白いのぉ、ハナは。顔を見ていれば、何を考えているのか全部分かる」

え？　恥ずかしくて、手を顔に持っていく。

そんなこと言われたの初めて……って、違う、もしかして、ずっと顔を隠してる生活をしてたから、今まで誰にも気が付かれなかっただけ？

「残念じゃが、ハナには無理じゃよ。巫女のお茶は、誰が飲んでも『いつもよりちょっと元気になれる』効果があるだけじゃ」

「え？　でも、ばば様は、飲むと癒《いや》しが……」

「そうじゃよ。ワシはほんのちょっとの癒《いや》しが使えるが、これは体が元気じゃなければ無理な話じゃ。ハナ、お前は死にそうになってたんじゃよ。元気なんかじゃない。分かるか？」

こくんと頷く。

たくさんの患者を診《み》てきたのだ。自分のことも分かる。血が戻るだけでもまだ日にちがかかるだろう。

二週間以上ベッドの上で過ごす病人なんてキノ王国では見たことないけれど、三日動かなければ、満足に動けるようになるのに五日、元に戻るには半月はかかるとガルン隊長が言っていた。

骨を折って、癒《いや》しを行いながら完治まで一月《ひとつき》かかる場合、一年で普通に動かせるようになってもゼロから鍛え直しのようなもので、三年も五年も元に戻らない。だから、切り傷はいいが、骨折は駄目だとぶつぶつ言っていたこともあるなぁ。……それ、ガルン隊長レベルに戻すには、ですよね。隊長なら新兵レベルに戻すのには三か月あれば十分じゃないですかって、部下に突っ込まれてたなぁ。

うん。ガルン隊長……強かったもん。

「そうじゃのぉ、十年じゃ無理かもしれんな。じゃが……ワシくらいまで長生きすれば、また巫女の力が使えるようになるかもしれんぞ」

また、巫女の力が？　思わずほろりと涙が落ちる。

「わ、私……」

ほろりなんていうのは初めだけで、ボロボロと、次から次へと涙が落ち始めた。

そのとたん、ずっと心の奥にためていた思いがあふれ出た。

「ばば様……私、私、男の人に……襲われて……もう、巫女の力を失っちゃうんだって……巫女じゃなくなるんだって……それで……」

号泣。うまく、言葉が出ない。嗚咽《おえつ》が漏れ、とぎれとぎれにしか話せない。

「うん、辛かったの。すまぬ。村の人間が……」

ばば様が私の手を取り、手の甲を優しく撫でてくれる。

「……昔話じゃ。ミーサウ王国では巫女に子供を生ませようと、多くの巫女が望まぬ男たちに体を奪われた……」

うん。そう言っていた。

「子供を宿した巫女が力を使えなくなるのは、生命力が関係するんじゃないかと言ったじゃろ？　じゃが、子供を宿さなかった巫女も力が使えなくなったんじゃ。生命力は、体だけで発するものじゃない。心が生きる力を持っておらねばならぬ……」

ばば様の言葉に小さく頷く。

「大丈夫じゃ。辛い思いをしたじゃろう、何が大丈夫だと思うじゃろう。じゃが、八十まで生きたワシが言うんじゃ。人生、悪いことばかりじゃありゃせんよ。巫女の力がなくても、生きていける。望まぬ相手の子供もかわいい。孫もかわいい。ひ孫もかわいい。玄孫《やしゃご》はこれまた特別じゃ」

玄孫《やしゃご》……。すごい長生きしてるよね、ばば様……

「ばば様、ミルク持ってきたよ」

クルルちゃんがお盆にのせたカップの中身をこぼさないよう、慎重に部屋に入ってきた。

お盆の端には黄色い綺麗な花がのっている。外で摘んできてくれたんだ。

「かわいいじゃろ」

ばば様の顔は、本当に幸せそうで……

「はい、かわいくて、とてもいい子です」

「そうじゃろ、そうじゃろ」

ばば様が意味ありげに笑う。

「それに、十年前に死んじまった旦那はイケメンだったんじゃぞ？」

「え？　旦那？」

驚いて聞き返すと、ばば様が懐かしそうに目を細めた。

「子供と二人、途方にくれていたワシを助けてくれたんじゃ。戦争で片腕を失っていたが、本当にいい男じゃった」

ばば様が、ふふふとまるで乙女のようにはにかんだ笑みを浮かべる。

「旦那は、ワシもワシの子も自分の娘のように思っておったんじゃよ。まぁ、旦那は十も年上じゃったし、出会ったのはワシが十七だったからの。子供にしか見られておらんかったから、ワシから迫ったんじゃ」

ばば様が声を潜《ひそ》めて私の耳元で教えてくれる。

そして、ふぉふぉふぉと笑いながら、ばば様は立ち上がった。

「ねぇ、じじ様がイケメンだったって本当なの？　おじさんはじじ様にそっくりだって言われてるけど、変な顔だよ？」

クルルちゃんがきょとんと首を傾げる。

「ふぉふぉふぉ、クルル、イケメンってのは、顔の話じゃないんじゃよ。大切なのは、心なんじゃ」

ばば様が私を見た。大きなポケットからハンカチを取り出し、私のほおの涙をぬぐう。

「巫女の力のせいでこんな目にあったと嘆いた姉さま方は、二度と力は使えなかったよ。巫女の力があったおかげで旦那と出会えたと思えたワシには、力が戻った……。心の持ちようじゃ。使えなくなったからとそれを嘆いてばかりいては、きっと使えないままじゃろう。……まずは体を治すことを考えることじゃよ。ゆっくりお休み」

ばば様が部屋を出ていくのを、涙でぼんやりとする視界で見る。

心も……ぼんやりとした感じだ。巫女って……なんだろう。

それからしばらくして、クルルちゃんに頼んで、紙とペンを用意してもらった。無事を知らせる手紙を書こうとして手が止まる。

私は攫《さら》われたのだ。しかも、攫《さら》われた当時は隣国から遣わされた聖女という立場だった。聖女を攫《さら》うなんて、どのような罪に問われるか……。まさか、すぐに戦争に発展するなんてことはないだろうけれど……後々の禍根《かこん》になるようなことは？

村全体に責任を取らせることで戦争を回避する――ことは、ありそうだ。まさか根絶やしにするなんてことは……

ぞくりと背筋が寒くなる。話を……作ろう。この村の人たちは悪くない。どう言えば村の人たちに害が及ばないのか、考えなければ。

「ま、待ってください」

「ここか！　ここにいるのか？」

「ハナさんはまだ療養中で、無理をさせるわけには――」

「ハナ……ここに」

突然、ドアの外が騒がしくなる。

この部屋には男性が近づかないように配慮してもらっているはずが、聞こえてくるのは男の声だ。

必死に誰かが近づくのを止めようとしてくれている。でも、この声……

バタンと、ドアが開く。ああ、やっぱり。

「マーティー……」

マーティーがドアの入り口で、全身から力が抜けたように立ち尽くしていた。

ああ、マーティー、本当にマーティーなの？　よかった。元気になっている。

背中に刺さった矢。大量に流れる血。馬から落ちてピクリとも動かなかった姿。

脳裏に浮かんだ絶望的な映像が一瞬にして消え去った。

だって、立って歩いてる。ほら、ベッドから立ち上がることができない私のもとに……

マーティーが近づいてくる。

「ハナ、巫女……」

「どうしたの？　何があったの？」

確かに、マーティーだ。けれど、私の知っている生気に満ちたマーティーとは違った。

ひどく憔悴《しょうすい》している。そのくせ目だけは、強い感情でギラギラしていて……。髪も服もまるで戦地をくぐり抜けてきたかのようにボロボロだ。離れている間に、いったい何があったのか。

その時、つっとマーティーの左目から涙が流れた。

「生きて……」

マーティーがぽつりとつぶやき、ベッドまであと数歩というところでがくりと膝をついた。

「うん。マーティーも生きてた。よかった……」

「……あの時、僕に癒《いや》しを行ったせいで……僕に力を使ったせいで……」

頭を下げ、苦しそうに言葉を発するマーティー。

「うん、よかった。本当に、癒《いや》しの力が届いて……」

死ななかった。距離があったけれど、私の癒《いや》しは……届いた。

「ごめんなさい……ごめ……ん……なさい……ハナ、巫……」

なぜ、謝るの？　私は嬉しいんだよ。マーティーを助けることができて。

「ここが、なぜ分かったの？」

そう問うけれど、マーティーは膝をついたままベッドまで来てくれない。

本当はもっと近くで顔が見たいんだけど……。それから、いろいろと気になることもある。

「森の中で男二人に会った……そいつらに、話を……」

そうか。マーティーは私を捜してくれていたのか。

「マーティー、あのね……」

作り話をしよう。

マーティーは、本当のことを知っているかもしれない。でも、きっとマーティーなら私が山の民を守りたい気持ちを分かってくれるはず。

「攫《さら》われた後ね、逃げたの。そうしたら、崖から落ちちゃって。死にかけた」

マーティーが顔を上げた。ああ、この顔は、これが作り話だということに気が付いている顔だよね。やっぱり、知っているんだ。

でも、にこりと笑って話を続ける。

「死にかけているところを、この村の人に助けてもらったの」

すると、マーティーが小さく頷く。作り話を受け入れてくれるんだね。ありがとう。

ばば様たちを守りたい気持ちが伝わったと思っていいんだよね？

「ばば様やクルル、それからクルルのお母さんやたくさんの村の人たちに、助けてもらった」

今度はマーティーはしっかりと頷いてくれた。

だけど、マーティーはどこまで男たちに話を聞いたのだろう。その森の中で会った男とは誰だろう。これももう知っているかもしれないけれど、これは自分の口から伝えなくちゃ……

「あのね、マーティー……私、もう巫女じゃないんだ……」

マーティーは私から視線を外す。

「巫女の力が……死にかけてなくなっちゃった……」

ばば様の言葉を思い出す。そして、巫女たちを。風邪をひいたり大怪我したりすると、巫女の力が弱くなったり魔力がなかなか回復しないことがあったから、ばば様の話は本当なのだと思った。

だから、これは嘘じゃないんだよ。私は、死にかけて力を失ったの。それなのに、マーティーは、これ以上泣いては駄目だと必死に涙をこらえるような顔をする。

「……生きていて、よかった……」

マーティーの言葉に、胸の奥が熱くなる。力がなくなったことを嘆かれなくてよかった。力のない私でも、生きていてよかったと……そう言ってくれてよかった。

「マーティー……」

気が付けば、ぽたぽたと涙を落としていた。

きっと、巫女の力がなくなったと、男たちの話から薄々気が付いていたんだろう。それでも、私を捜しに来てくれて、そして……生きていてよかったと言って……くれるん……だ。

「そうだよ、私、生きてるんだ……。生きていて……いいんだ……」

巫女じゃない私だけど……

「僕には、ハナ巫女……に力があろうがなかろうが関係ない……」

本当？　本当なの？

「じゃあ、そんな辛そうな顔をしないで。私が生きていたことを、もっと喜んで」

マーティーが私の顔を見た。私はマーティーに両手を広げてみせる。

まだ立ち上がるだけの元気がないから……だから、両手を広げた。

「ハナ巫女……」

マーティーがゆっくりと立ち上がり、ベッドに近づいてくる。

ゆっくりと伸ばされた手が、もう少しで私に触れそうな位置で止まった。

「僕が……触れても、大丈夫？」

マーティーが腰を落とし、ベッドで上体を起こしている私と目線の高さを合わせる。

「ええ、再会と無事の喜びを存分に味わいましょう！」

「ああ、ハナ巫女……また会えてよかった……」

マーティーが遠慮気味に手を広げたので、私は遠慮せずにぎゅっとハグした。

そして、そのままマーティーの背中を撫でる。矢が刺さったあたりを撫で撫で。

「ハ、ハナ巫女？」

「服の上からじゃよく分からないわね。ちょっと服を脱いで見せてくれる？」

マーティーが体を硬くする。まさか、包帯がぐるぐる巻いてある？　まだ完治してないのに無理して私を捜しにあちこち動いたとか？

「見せて！」

激しく抵抗はしないものの、やんわりと拒否するように服を押さえているのを、強引にまくり上げる。胸元が見えるまでシャツをまくっても、包帯は見えない。よかった。

ほっと、小さく息を吐く。

「ハナ巫女……えっと、あの……」

マーティーが恥ずかしそうな表情を見せる。

なんて顔をしているんだろう。患者が傷を見せるのを恥ずかしがる意味が分からないんだけど……

「お前ら、何をやっておるんじゃ！」

突然の声に、部屋の入り口に視線を移す。

ばば様と、マーティーともめていた女性が入り口に立っていた。

「ハナはまだ治療中じゃぞ」

あきれたような口調で、ばば様がため息を吐きながら近づいてきた。

マーティーは慌ててベッドから一歩離れて、ばば様に訴える。

「あの、ぼ、僕は、その、ハナ巫女に何もしてませんっ」

ふっとばば様が笑った。

「ふふ、若いの。今は何もしてないだけじゃろう？」

ばば様の言葉に、マーティーが顔を赤くしたり、青くしたりしている。なんでだろう？

「決して無理にハナの純潔を奪うようなことをするでないぞ」

え？　今、なんと？

「体だけじゃない。ここにも傷を負っておる」

ばば様が、自分の胸にトントンと手を当てた。

「じゅ、ん、け……っ？」

マーティーが目をこれ以上にないくらい見開く。

そうだよね。いくらなんでもそんな言葉……私にはもう純潔なんて……

「おや？　なんだい？　二人とも変な顔をしておるの」

「いえ、だって、その、私……」

言いにくいので言葉を濁《にご》すと、ばば様が後ろを振り返った。すると、入り口に立ったままの女性が慌てて口を開いた。

「ハナさんは気を失っていたから誤解しているのかも。その、男たちに襲われはしたけれど、一線は越えていないから……」

女性がベッドに駆け寄り、宥《なだ》めるように私の髪を撫でる。

え？　どういう、こと？　私、あの時……

「もっと早くに伝えればよかった。大丈夫です。いつかきっと、本当に好きな人と結ばれる日がきます」

ああ。そうか。巫女の力は失ったけれど、それは……男たちに襲われたせいじゃない。

私、まだ――誰かに汚されたわけじゃなかったんだ。よかった。

本当に好きな人と結ばれる日か……

ふ、ふふ。巫女の力を失いたくないから結婚したくないと言い続けていたのに……。

巫女の力は失ったけれど、純潔は失ってないなんて、おかしなことね……。でも……

恋、しても、いいのかな。

「あの、ハナ巫女、僕——」

「そうだっ！」

マーティーが何か言おうとしているのを遮《さえぎ》って、思わず大声を出してしまった。

いや、恋とかなんとか、そんな浮ついたこと考えてる暇なんてない。ばば様の言うことが本当ならば、巫女は生命力を使って癒《いや》しを行う。癒《いや》し続けることは寿命を縮めることだと。つまり、巫女同士魔力を回復させながら癒《いや》し続けることは、もっと寿命を縮めることに他ならない。今、この瞬間にも、命を……寿命を縮めて、巫女たちが力を使っているかもしれないのだ。

魔力を回復して癒《いや》しを続ける方法は駄目だと、早く伝えなければいけない。

「マーティー、今から言うことを一刻も早く伝えてほしいの。手紙も書くから、その、届けてもらえる？」

私の願いに、マーティーが首を横に振った。

「一緒に……ハナ巫女も一緒に戻りましょう」

マーティーがまっすぐ私の目を見ている。

「ごめんなさい。それはできない」

「なぜ？」

マーティーの顔が曇る。もしかして、一刻も早く私を連れ戻す命令でも受けてるのかな？

「ばば様、私はあとどれくらいベッドにいたほうがいいのですか？」

「そうじゃの。最低でも三日。その後、ゆっくり体を動かす練習をしたほうがいいじゃろう。山道を移動するのは、あと十日は無理じゃな。無理をすると、治るものも治らぬからの」

ばば様の言葉に、マーティーが私の顔を見る。

「そんなに長く……」

マーティーが驚いた表情を見せる。キノ王国の常識からすれば驚くよね。

「うん、癒《いや》しを使わないで治すには時間が必要で――いいえ、言い方が悪いわね。時間をかければ、癒《いや》しがなくても治るの」

そう説明すると、マーティーが口元を緩《ゆる》めた。よかった。私が山を下りるには時間が必要だということを分かってくれたんだね。ほっとして小さく笑う。

「ハナ巫女には、早く元気になってほしいけれど……今までずっと頑張ってきたから……その分ゆっくりもしてほしい」

マーティーが、私の額《ひたい》にかかっていた髪を後ろに流して続ける。

「早く治ってしまったら、きっとハナ巫女はまた無理をする。だから、ゆっくりしか治らないというのはいいことだと思う」

ゆっくり治るのがいいこと？

温かいものがすとんと体の中に落ちてきた感じがする。

「ふぉふぉふぉ、若いの、ええことを言うの。そうじゃそうじゃ、ハナはゆっくりしておればええんじゃ」

バンバンバンと、老体のどこにそんな力がというくらい大きな音を立てて、ばば様がマーティーの背中を叩いた。

「まだ下を向いた姿勢を長時間取るのは大変じゃ。手紙を書く必要があるというのなら、代筆しておやり」

ばば様が女性に声をかける。

「若いの、お前もずいぶん無理をしてここに駆け付けたんじゃろ？　まずは身ぎれいにして飯を食え。付いといで」

ばば様に言われ、マーティーが部屋を出ていく。

女性はベッドサイドの椅子に座り、テーブルに紙とペンを用意して私の言葉を待っていた。

手紙は、三つ。

一つは、イシュル殿下に。

一つは、ルーシェに。……きっと心配してる。自分の代わりになって……と、自分を責めているかもしれない。だから、私は大丈夫だということ――マーティーについた嘘と同じように、谷に落ちて怪我をしたけれどだいぶよくなったから心配しないでと書く。

そして、巫女のお茶と言われるものについても触れる。失われたミーサウ王国の巫女の知恵を知ることができて嬉しかったということ。そう、無事で大丈夫だなんていくら書いても、きっと安心させるために書いてるだけだと思われるかもしれない。だから、あえて書いた。

もう一つ。これが一番大切なこと。

私が間違っていた。ごめんなさいと、ひたすら謝罪。魔力を回復してもらって、何度も何度も繰り返し巫女の力を使う危険性についてを記《しる》す。今は緊急事態だから多少は仕方がないにしても、無理は絶対に駄目だとくぎを刺す。大げさなくらいに書く。でなければ、きっと……ルーシェも無理をする。

『――私たちの癒《いや》しを見て、聖女や巫女の力は万能だとたくさんの人に勘違いさせてしまいました。愚かでした。

人には自らを回復する力がある。

命をつなぐだけにとどめ、後は巫女の知識を広める、それだけにするべきでしょう。

私たち巫女や聖女は、万能ではない。そして、私たちならば人を救えるという考えがそもそも間違いなのかもしれません。

私たちは、生きようと必死に病《やまい》や怪我と戦っている人たちのお手伝いを、ほんの小さなお手伝いをするだけの存在で──』

頭に浮かんだ言葉を口に出す前に止める。

私よりもずっとずっと若い、まだ子供のルーシェにそこまでのことを伝える必要はあるのか。

手の届く人しか助けられない。しかも、自分の寿命と天秤にかけて力をセーブしなければいけないなんて……

まるで、それは命の選択だ。いったい、誰の命を選択するのか。現状、巫女はミーサウの王都に集められている。どう考えても、集められた場所の命が選択されたと誰もが思うんじゃないだろうか。王侯貴族だけが巫女の恩恵を受けられるのかと……私も思った。巫女たちを守るためなんてそんなの言い訳なのじゃないかって。

だけれど、こうして護衛が付いていても攫《さら》われた。そして……力が及ばなかったと、怒らせた。さらに怒りを向けられ……

巫女を守るには、やはり一番守りが強固な場所に集めるほうがよいのだろう。

だけど、それだと王侯貴族が優先的に癒《いや》しを受けられるという、命の選択にしか見えない。

巫女は命をつなぐだけ。手助けするだけ。

私がばば様から受けた癒《いや》し……。生死をさまよう人間が少しだけ生に向くような力。

キノ王国のように巫女がたくさんいれば、なんてことを期待しちゃ駄目なんだ。巫女は万能なんて勘違いさせちゃ駄目なんだ。

魔力を回復させて何人も癒《いや》せるなんて、そんな都合のいいことはなかったんだから……。

まずミーサウ王国で必要なのは、街に治療院を作ることだ。癒《いや》しの能力を持つ巫女はいなくとも、巫女の知識を持った人が治療にあたる場所が必要だ。

救いたい。助けたい。死なせたくない。そう思うのは私だけじゃない。

親を、子供を、友人を、誰かを救いたいと思う、巫女じゃない人間にだって救える。

そのための場所と知識を。

「どうかしましたか？」

手紙を代筆してくれていた女性が首を傾げた。突然黙り込んでしまった私を心配してくれたんだろう。

「あ、いえ、何かいい言葉がないかと探していたんですが……」

私が微笑み返すと、女性が代筆した手紙に視線を落とした。

「大丈夫ですよ。ハナさんの気持ちが十分に伝わる手紙になっています……」

そう言って、女性が涙をほろりと落とした。

「ありがとうございます。私たちの蛮行をかばってくださって……」

女性が深々と頭を下げた。

そこまで感謝されることに居心地の悪さを感じて、言葉に詰まる。

「あの……」

イシュル殿下あての手紙には、マーティーに言ったような内容を書いた。襲われて逃げて谷に落ちて怪我をして、この村の人に救われた的なことを。

ふと、幼い日の苦い記憶がよみがえる。

私の住んでいた村に病《やまい》が広がって、次々に人が死んでいった。

もし、そこに、皆を助けてくれる手があれば……。私だって、悪魔に魂を売ってでも助けてくれと叫んだだろう。巫女の力があれば救えたのに！　と、何度も何度も思った。

だけれど……違う。

今、思い返せば、巫女の知識があれば、あれほど死ななかったかもしれない。

水分をうまく取ることができていれば。同じ井戸の水を使い続けるなんてことをしなければ――悪魔に力を借りなくたって、巫女の癒《いや》しがなくたって、あんなにたくさんの人が死ぬことはなかった。

冷たくなった両親に、三晩寄り添った。四日目、気が付けば私は別の場所にいた。街の治療院だった。

熱にうなされ、聖女を呪った。王様ばかり助けて、私たちをなぜ助けてくれなかったのと。

その後巫女のことを学び、聖女も万能ではないと知り……恨みはなくなったけれど。

そんな経験をしたのに、私はミーサウ王国で、聖女は万能だという印象を周囲に植え付けてしまった。

万能なのに、すべての人を救おうとしないと見えていたとしたら。

もし、助けてやってもいい、代わりに何を差し出す？　と言われているように感じていれば。それは、聖女じゃない。悪魔の言葉だ。

隠れ里に……山の中に住む人たちに、重病人を街まで連れてきたら癒《いや》してやると……

それは、悪魔の言葉にも等しかったのかもしれない。

悪いのは、誰だろう。何が間違っていたのだろう。彼らだけが悪いとは……私には思えない。

女性になんと返したらいいのか分からず、言葉に詰まる。

キノ王国でも、巫女が巫女を癒《いや》して何人も人を救った。だけれど、それは巫女の命を削ることで、これからはできませんと……そう言うことが許されるのだろうか。命をつなぐだけで納得してもらえるのだろうか。

痛みでのたうち回っている人が、痛みをなくせと言わないだろうか。

子供が高熱で苦しんでいるのを見た親が、早く子供を治してくれと言わないだろうか。できないと言えなくて……目の前で苦しんでいたら助けたいと思って、つい命を縮めてしまう巫女がいやしないだろうか。

「教えてください……」

「え？」

無意識に出た私の言葉に、女性が驚いた声をあげる。

そうだ。教えてもらおう。今度は、はっきりと口にする。

「教えてください。ここでは、病気になった時、怪我をした時……どうやって治すんですか？　黒糖や巫女のお茶、それ以外にどういったものを食べたり飲んだりして……そう、爪。爪の色を見て何が分かるんですか？」

ばば様がクルルちゃんに、爪の色を見てごらんと言っていたのを思い出す。

キノ王国の巫女の知識にはない話だ。

「ふぉふぉふぉ。ワシの知っておることでよければいくらでも教えるぞ」

ばば様が部屋に入ってきた。

「ちょうどよい。その紙とペンで、ワシの話をメモするのじゃ」

ばば様が椅子に腰かけて言うと、女性が慌てて新しい紙を手に取る。

「全部です。全部知りたいです……病気や怪我をしたらどうすればよいのか！」

「ふむ、そう言われてものぉ。何からどう話せばいいのか難しいさな。そうじゃ、ハナ、キノ王国での話を聞かせてくれぬか？　キノ王国と違うところがあれば、それを指摘するというのはどうじゃろう？」

「違うところ……ですか？」

「そうじゃのぉ、例えば、熱が出た時はどうするのじゃ？」

まずは、水分をしっかり取らせること。そして体が吸収しやすい飲み物を作って与え、それから脇を冷やして額《ひたい》に大根の葉っぱをのせる。

震えている時は布団をかぶせ、震えが止まれば布団はかぶせない……その他知っている巫女の知識を一つずつ思い出しながらばば様に伝える。

「ふむ、ふむ、まずは一つ。熱を下げたい時は、額《ひたい》には水袋をのせる。後で見せてやるからの、今は説明を先にするぞ」

水袋？

「それから、冷やすのは脇だけじゃなく足の付け根もじゃ。ここも冷やすと効果があるんじゃよ。まずはこもった熱を逃がすため風通しをよくする。それから冷たいものを当ててやるとよいのじゃ」

脇は知っていたけれど、足の付け根も？

「後はな、どういう仕組みなのかは分からんのじゃが、熱はしっかり上がりきったほうが早く治るんじゃ。中途半端な熱がだらだら続くことはないかの？　熱が高くなると苦しそうじゃし、早く下げてやりたいと思ってしまうもんじゃが、一日二日熱が上がりきったほうが、すっきり治るようじゃ」

え？　キノ王国では、高熱が出れば巫女が熱を下げる。次の日もまた熱が上がると、熱を下げるというのが普通だった。

熱を下げないほうが早く治る？　そんなことが……あるんだろうか？

「もちろん、高熱に耐える体力がない者や、熱のせいで何も口にできない者、それから三日以上続く高熱の場合は一刻も早く熱を下げてやらねばならぬよ」

ばば様の言葉に、こくんと頷く。下げるべき熱と、そうじゃない熱がある……

「それからな、熱が上がるのを助けるものを飲ませると早く治るぞ」

「え？　熱を上げる飲み物ですか？」

想像もしない話が次々に出てくる。

「高い熱が出る前に、体がぶるぶる震えて寒い寒いと言うことがあるじゃろう？」

「ええ。そういえば……しっかり着込んで温かくしても寒いと感じるみたいですね」

「あれは、体温を上げて病気を治そうとする作用じゃと思う。だから、その時に体温を上げる手助けをする飲み物を積極的に飲ませてやるとええんじゃ」

そうなんだ。ばば様の話は知らないことがたくさんだ。

大人には卵酒。子供やお酒が飲めない人には生姜湯《しょうがゆ》。大根と生姜《しょうが》とはちみつを混ぜたものもいいらしい。後はネギも。

それから、喉が痛い時、咳が止まらない時……いろいろな症状の対処法を教えてもらう。

「ハナお姉ちゃん、ご飯ができたよ。ばば様もここで食べる？」

クルルちゃんがお盆に私の食事をのせてきた。

「おや、もうそんな時間かの？　ふむ、続きは明日にしよう」

「はい、ありがとうございました」

「いや、なに。村の人間にも知識として残しておかにゃならんことじゃて。キノ王国の巫女の知識も聞けて、ワシも楽しんどるよ」

ばば様がよいしょと腰を上げて部屋を出ていく。

女性もそれに付いて部屋を出ていこうとして、立ち止まった。

「ああ、そういえば、手紙がまだでしたね」

そうだった。一刻も早く手紙を届けてもらわないといけないのに……

「文面を考えておくので、えっと、ご飯が終わった後に代筆をお願いしてもいいですか？」

「ええ。分かりました。では食事が終わった後にまた来ますね」

皆が出ていった後、クルルちゃんが運んでくれた食事に視線を落とす。

だいぶ回復してきたので、病人食から普通の食事になっている。量はまだ少なめだ。

肉も入っている。血を作るための肉……か。食べないとね。食べてしっかり栄養つけて早くよくならないと。

手紙……。ルーシェへの手紙、何を書こうかな……。そうだ。ばば様に聞いた知識の一部を書いておこう。

初めて知って特に驚いたことを二つ三つ書いて、それから、他にもまだ知識を得たいからルーシェのもとにすぐには戻れないと。キノ王国にもミーサウ王国にも役に立つ知識をたくさん得て戻るから、待っていてと書こう。

それから、ガルン隊長への手紙も。

ミーサウ王国に私がいることを、まだガルン隊長は知らないかもしれないけど……。もう隠しておくこともない。

巫女が巫女に癒《いや》してもらいながら力を使えば、命を縮める。これはどうしても伝えないといけない。はやり病《やまい》が収束した後は使っては駄目だと、広めてもらわないといけないんだ。

巫女が命を縮めれば、ミーサウ王国のように巫女のいない国になると。そう言えばきっと、巫女に無理をさせようとはしないはずだ。……いや、国が巫女に無理をさせないようにしても、民衆はどうだろう。すでに奇跡を見た民衆は理解してくれるんだろうか。

自分一人くらい癒《いや》したってそんなに寿命は縮まないだろうと、そう思う人がいないとも限らない。あいつを癒《いや》したなら俺も癒《いや》せと言い出す人がいないとも限らない。

命をつなげば、後は人間の回復力を信じれば大丈夫だと、そう信じさせなければならない。

巫女の知識に、ミーサウ王国の失われた巫女の知恵をできるだけ集めて広める。

……癒《いや》しではなく、助ける方法を。巫女の力がない人にも扱える力……知識という力を広めないと。その力を持つ元巫女はキノ王国にはたくさんいる。

私が駐屯地にいた八年間でも、結婚して引退していった元巫女は、百人近くはいたはずだ。

たった一か所の駐屯地ですら、それだけの人数の下級巫女がいた。

領都の上級巫女は二人と少なかったけれど、十五歳で配属され、二十歳の適齢期を過ぎるまでに引退するとすれば長くて五年ほどで入れ替わる。五年で二人入れ替わるなら五十年で二十人だ。一つの領に元上級巫女が二十人もいることになる。

巫女のお茶が、下級と中級と上級でどれだけ効果に差があるのかは分からないけれど……試してみる価値はある。

巫女の知識や知恵と巫女のお茶があれば、もっと人々は救われる。

治療院のある街から離れた村に住む人たちにも、もっと救いの手が届くようになる。

人間の回復力を信じてもらえれば、少しの手助けをすることが巫女の仕事だと理解してもらえれば、きっと大丈夫。

それから……何を書こうか。私のことを心配しているだろうか？　心配しなくて大丈夫ですと書いたほうがいいだろうか？　ちょっと考えて、いいことを思いついた。

――ミーサウ王国の元巫女から、ミーサウ王国の巫女の知識を学んでいます。打ち身には、すりおろしたジャガイモに小麦粉を混ぜたものを張り付けて布を当てておくと楽になります。と、得たばかりの知識を書いておこう。

ガルン隊長の顔を思い浮かべる。

『ハナは、相変わらずだなぁ。巫女として新しいことを知って、今頃嬉しくてしょうがないんだろうなぁ』

と、笑ってくれるだろうか。

『ったく、ハナは、俺がいつも打ち身作ってると思ってんな』

と、むくれるだろうか。

ふふふ。どちらにしても……

『頑張りすぎるなよ、ハナ』

と、瞼《まぶた》を閉じると、いつもの優しい声が聞こえてきた。

目を開けば、私はベッドの上で、当然ガルン隊長がいるはずもなく。

もう、二度と会えないのかもしれないなぁ……。だけど、うん、大丈夫。一緒に過ごした八年が長かったから、いつでもガルン隊長の姿を思い出せる。ちゃんと心の中にいる――

「ハナ巫女」

手紙を書き終え、代筆してくれていた女性が部屋を出ていくのと入れ替わるように
マーティーが入ってきた。

「マーティー？　えーっと……」

いつも兵服か、兵服の下に着るシャツ姿しか見たことがなかったので、襟のあるシャ
ツに、きっちり折り目のついたズボン姿のマーティーは新鮮だ。

目にかかる前髪から、しずくがぽたぽたと落ちている。

見慣れない姿に口を半開きにしていた私に、マーティーがおずおずと口を開く。

「あの、風呂をお借りしたのですが、着替えがなかったので貸してもらいました。今、その、
制服は洗濯中で乾かしているところで……」

「そういうリラックスした服装も、マーティーに似合うよ」

制服を脱ぐことに抵抗があるのかな？

「風呂があるのね、水浴びじゃなくて……ああ、私も、元気になったら入らせてもらおう」

今は体を布で拭くだけだ。駐屯地にいたころは、たらいに張ったお湯を使っていた。

風呂なんて、貴族や豪商のもの。街にいた時に湯屋はあったけれど、一か月に一度入れるかどうかの贅沢だった。

いいなぁ、お風呂。

マーティーが顔を上げると、髪についていたしずくが私のほおに飛んできた。

「……今、入れないかな？　そろそろ体を動かしてもいいような気がするし……傷の場所だけ気を付ければ……」

とつぶやくと、マーティーが慌てて立ち上がった。

「だ、駄目です、いや、駄目じゃなくて……ええと、僕が入ったお湯にハナ巫女が入るなんて、それは、あのっ」

マーティーの顔が真っ赤になる。ずいぶん汚れていたから、お湯が真っ黒になっちゃったとか？

「か、体が拭きたいならお湯をもらってきますから、えっと……」

マーティーがくるりと背を向けて部屋を出ていこうとする。

「待ってマーティー、行かないでっ！」

「ハナ巫女？」

お湯は他の人にでも頼める。でも……

私は、振り返ったマーティーを手招きする。

「えっと、その……」

すっと手を取る。そして、マーティーの顔をしっかりと正面から見た。

「お願い、マーティー」

ごくりと、唾を呑み込む音が聞こえる。マーティーにも事の重大さが雰囲気で伝わったのだろうか。

「ハナ巫女が、僕にお願い……」

マーティーの手に、手紙を握らせる。

「え？」

「まだここに着いたばかりで本当に申し訳ないんだけれど、すぐに手紙を届けてほしいの」

そう伝えると、マーティーがなぜか狼狽《ろうばい》する。

「て、手紙を、届け……え？　お願いって、その、え？　あ、えっと……」

ん？　何かそんなにおかしなことを頼んでいるのかな？　イシュル殿下に届けてもらう手紙もある。私が攫《さら》われたことで、殿下も周囲を警戒しているだろう。山の民の誰かに頼んでも、怪しい人間だと受け取ってもらえないかもしれない。

他の人じゃ駄目だ。顔が知られているマーティーじゃないと頼めない。

「無理？　本当は私が動ければいいんだけれど……」

「あ、すみません、いえ、無理じゃないです、あの、その……僕がいろいろと、えっと、勘違いを……あー、えっと、分かりました。しっかり届けます」

マーティーが、私の手をぎゅっと握り込むようにして手紙を持つ。

「これが、イシュル殿下、これがルーシェ。それから、これはガルン隊長に」

マーティーの手がピクリと動く。

「隊長に？　何を？」

ん？　マーティーの目が急に熱を帯びた。

「帰るんですか？　キノ王国に……ガルン隊長のもとに……」

ああ、そうか。マーティーは私に付いてミーサウに来てくれたんだった。巫女の力を失った今、ルーシェの影武者としての役割もできない。

……だったら、私はミーサウにいる必要がないと思って当然だ。私がキノ王国に帰るなら、マーティーもキノ王国に帰れる。マーティーは早く帰りたいのかもしれない。だけど……

小さく首を振って、キノ王国に帰るつもりがないことを伝える。

「マーティーは、ガルン隊長に手紙を届けたらそのまま戻って。私は、まだ戻れない」

マーティーがはっとする。

「いやです、ハナ巫女が戻らないなら、僕も戻らないっ！　ガルン隊長への手紙は、誰かに届けてもらいます。イシュル殿下に手紙を渡したら、すぐにハナ巫女のもとに帰ってきますっ」

「ありがとう、マーティー。だけど、聞いて。手紙では伝えきれないことを、ガルン隊長に伝えてほしいの」

「何をです？　何を、ガルン隊長に伝えろと……僕から、ハナ巫女の何を……」

なぜかマーティーがちょっと怒ったような顔をしている。えーっと、何を怒っているのかな？

「私のことじゃないの。伝えてほしいのは巫女の力の話」

巫女が巫女を癒《いや》して力を使うことは命を削ることだという話を始めたら、マーティーの様子は落ち着いた。一刻も早く、巫女たちに元の力の使い方に戻ってもらわなければならないこと。ミーサウ王国に巫女の知識を広めるために、元巫女の派遣を検討してほしいこと。そのために、ミーサウ王国がキノ王国に差し出すものは……

「黒糖と、巫女のお茶――」

マーティーが、しっかり私の話を頭に叩き込むように何度も復唱する。

私は、ずっと大切に持っていたハンカチを取り出してマーティーに見せた。

神父様の奥さん……亡くなった中級巫女が刺繍《ししゅう》を施《ほどこ》したハンカチだ。巫女の花を刺繍《ししゅう》したというハンカチ。ばば様がお茶の原料となっている花だと教えてくれた。

巫女の花は、本当に巫女に力を与えてくれる花だったよ……

クルルちゃんに持ってきてもらった黒糖と、巫女の花で作ったお茶の葉をハンカチに包んで、マーティーに渡す。

どうか、巫女の願い……一人でも多くの人を救えますようにとの願いを込めて。

「黒糖は嗜好品《しこうひん》じゃない。病気を治す時に回復を助けるの。巫女のお茶は、力を失った巫女たちが、ほんの少しだけ力を取り戻せる奇跡の花で……」

知り得たことをマーティーに話し続ける。

「……お願い。伝えて。キノ王国とミーサウ王国が力を合わせて、一人でも多くの人が救われるように……」

小さく頭を下げる。まだ大きく動くと傷口が痛むので……

マーティーの両腕が伸び、私の背中に回る。ふわりと、柔らかくマーティーの腕に包まれた。

「ハナ巫女……僕たちを癒《いや》すために、僕たちは……ハナ巫女の命を……」

「マーティー？」

マーティーが震えている。

「知らなかった。知らずに僕は、愚かなことを……。自分で自分を傷つけ……ハナ巫女の命を削ってしまった……」

ああ、そういえば……。そんなこともありましたね。

「うん、自分を傷つけたことを許すわけにいかないけれど、でも……大丈夫よ。あの程度で私の命は削れないから」

震えるマーティーの背中に手を回し、ポンポンと優しく叩く。

「いいえ、いいえ……」

フルフルと、マーティーが頭を横に振る。

「僕が生涯をかけて、ハナ巫女を幸せにします。責任を取らせてください」

責任？

「そんな、責任を感じることなんてないのよ」

マーティーの言葉に、ふふっと笑いが漏れる。

「癒《いや》してもらったから責任を取るなんて言い出したら、一番癒《いや》した回数の多いガルン隊長に責任を取ってもらわなくちゃならなくなるわ」

そうですよねという返事を想像していたのに、マーティーがむっとした声を出す。

「ずるい……」

ぎゅっとマーティーの手に力が入る。

ずるい？

「僕より長くハナ巫女と一緒にいて……ずるい……。僕がハナ巫女より年下なのはどうにもならない……のに……」

マーティーの言葉は口の中でもごもごとしていて、よく聞き取れなかった。何が、ずるいのだろう？

「マーティー、聞こえないよ？」

そう言うと、もう一度ぎゅっとマーティーの腕に力が入る。それから、すっと腕を離された。

「あんな、年寄りには負けないっ！」

「むぅ？　年寄りがどうしたというんじゃ？」

マーティーが何かを決意したところで、ばば様が服を持って現れた。

「ほれ、乾いたぞ。上着はまだちょっと湿っておるが、シャツとズボンは大丈夫じゃ。

手紙を託されたんじゃろう？　早く届けてやるがよい」

ばば様が、マーティーに服を手渡す。

マーティーは、服を受け取ったはいいけれど、突っ立ったまま困った顔をしている。

「何をしておる、さっさと着替えて行かんか！」

迫力のあるばば様の声とは対照的に、マーティーが小さい声で答えた。

「き、着替えろと言われても……」

「部屋の隅で着替えればええじゃろう。誰も見ておらぬ。いや、見てほしいなら、見てやってもええがの？」

ばば様がくつくつと楽しそうに笑った。

「え？　み、見てほしいなんて、そんなことっ」

マーティーが驚いて私の顔をちらりと見た。

「ふふ、大丈夫よ。私も気にしないから。あ、そうだ。着替えるついでに、背中の傷跡を見せてもらえる？」

私がそう答えると、ばば様が残念そうな顔をしてマーティーの腰をぽんっと叩く。

「意識されておらんのか……まぁ、頑張ることじゃ」

小さくばば様に何かをささやかれ、マーティーが頷いたのが見えた。何を言われたのかな？

マーティーがズボンをはき替え、シャツを脱いだところで背中を見せてくれた。

「よかった。すっかりよくなったみたい」

嬉しくて笑顔になると、マーティーも嬉しそうな顔を見せてくれた。

「では、ハナ巫女……手紙を届けたらすぐに戻ってきます」

あれ？　ちょっと待って。

ミーサウ王国の王都に向かっているイシュル殿下に手紙を届けて、キノ王国のガルン隊長に手紙を届けてって、どれだけ急いでも距離的に十日はかかるよね。いや、十日じゃとても足りないかな？　っていうことは……

「マーティー、私はもうここにはいないかもしれない。ガルン隊長に手紙を届けたら、そのままキノ王国にいればいいわよ？」

私の言葉にマーティーが首を横に振る。

「戻ってくるのは、ここにではなく、ハナ巫女のもとにですよ」

にっと笑ってマーティーが背を向ける。いや、でも……ガルン隊長だって、私が巫女じゃなくなったって知ったら、連絡係としてマーティーを派遣する必要はないと思うだろうし。

だけど、私のところにはもう行かなくていいよと言われるんじゃ……という言葉は呑み込んだ。

マーティーは優しいから、癒《いや》しの力がなくてもハナ巫女の護衛は続けますと言いそうだ。でもね、マーティーはキノ王国で騎士になるんだよね。

戻ってこなくても気にしないよ、マーティー。

それから三日間、ばば様にいろいろなことを教えてもらう。

そして、やっとベッドを下りて動けるようになった。ただ、二週間近くベッドから動かなかったせいで、かなり足腰が弱っている。体力も落ちた。少しずつ体を動かさないと。

「ハナお姉ちゃん、今日はお外に出てみる？　お花がいっぱい咲いているのよ！」

歩く練習を始めた私に、クルルちゃんが声をかけてくれた。

「ええ、ありがとう。クルルちゃんがいつも持ってきてくれる、いい香りのする花も咲いているかしら？」

「うん、あるよ。他にもいろいろ咲いてるの」

「巫女の花も？」

「ううん、巫女の花は、ここじゃ育たないんだって。だから、お茶を買ってくるんだよ」

ここでは育たない？　どこなら育つの？　……種を持って帰ればキノ王国でも育てられるわけではないってことだろうか？　育て方を知りたい……。巫女の花を育てているところへ話を聞きに行きたい。

「あっ」

と、突然クルルちゃんが小さな声をあげる。

「どうしたの？」

「なんでもないよ」

クルルちゃんが指をぱっと後ろに隠した。

「見せて」

クルルちゃんの手を取って見ると、小さな切り傷があった。葉っぱで少し指を切ってしまったらしい。

傷を見て、私はごくりと小さく唾を呑み込む。

「【癒《いや》し】」

クルルちゃんに気が付かれないように小さくつぶやく。

小さな傷。昔なら簡単に癒《いや》せた傷。

赤い筋になって血がにじんでいるクルルちゃんの指は……何も変化がなかった。

やっぱり……駄目、なんだ。力……なくなっちゃってる。

「これくらい、全然平気だよ。なめとけば治るよ」

クルルちゃんが切った指をぱくりと指にくわえるのを、ぼんやりと眺めている。

「ハナお姉ちゃん？　どうしたの？」

「ううん、なんでもない」

ぎゅっとこぶしを握り締める。

巫女の力がなくなった私にだって……できることはあるよね。私は……役立たずなんかじゃないよね。

大丈夫、私、巫女の力はなくなったけれど……

そう自分を励ますものの、心臓がぎゅっと締め付けられるように苦しい。十歳で巫女の力があると分かってから十四年、人生の半分以上力とともにあった。

「あ、黄色い花。あれね、すごくいい匂いなんだよ。取ってくるね！　ここで待ってて」

クルルちゃんが走っていく後ろ姿を見る。よかった。今は少し一人になりたい。泣いてしまいそうだから……

ふらりと足元が揺らぐ。

あ、倒れる。一人でまともに立っていることすらできないなんて……

するると突然、腕と腰に伸びてきた手に支えられた。

「大丈夫ですか」

「ありがとうございます」

支えてくれた人に顔を向けてお礼を言おうとしても、体を反転させることすら今の私には困難で……。声だけでお礼を述べる。

「どういたしまして。我が聖女」

は……い？　この声、この言い方、もしかして……

後ろにいた人物が、私の目の前に立つ。キラキラと光る髪に、神々《こうごう》しいくらいの整った顔立ち。嬉しそうに少し緩《ゆる》んで微笑む口元。

な、なぜ……この人が……。びくっと一瞬で体を硬くする。

駐屯地の近くの森で背中を怪我していた人……。領都でも王都でも、ミーサウ王国でも……たびたび会った。なぜ、この山の民の村にいるのか……

巫女を誘拐する目的で近づいている……？　だ、だとしたら……

「わ、私は聖女じゃありません……」

「ええ、知っていますよ。ですが、私にとっては聖女です」

にこりと微笑む顔が怖い……

「み、巫女の力も……失いました。私は、聖女どころか巫女ですらなくなりました……。だから、その……」

怪我を癒《いや》したことで私の力を知り、街で癒《いや》している姿を見て聖女のようだと誤解させてしまったことが、私を付け狙う原因だとすれば。

何の役にも立たないと分かれば、興味を失い去ってくれるよね。

「何も失っていませんよ」

え？　男の人が私の両手を取る。

体の自由が利かないから、逃げようにも逃げられない。男の人の言葉から耳をふさぐこともできない。

「わ、私は本当に……もう、巫女の力は失って……」

もう巫女ではないという事実を何度も口にすることは辛い。きっと、私は今泣きそうな表情をしているだろう。だというのに、目の前の男の人は嬉しそうに微笑んでいる。

なぜ？　巫女の力を狙っていたならば、力を失ったという事実は残念でしょう？

「何一つとして失われていません。我が聖女が、今まで癒《いや》してきた過去は、何も失われていない」

癒《いや》してきた過去？

「私にとって、あなたという存在は、私を死から救った聖女。その事実も、あなたが多くの命を救ったという事実も、何も失われていない。今、力があるのかないのかは関係ありません」

力は関係ない？　私が救ったという事実は変わらない？

「私の中にある、あなたという存在は何も変わらない。いつまでも私の聖女です。どうぞ、そう呼ぶことをお許しください」

私という存在は……変わらない？　もう、巫女ではない普通の人に変わったのよ。

「私は、あなたの力を見ているわけじゃない。あなたを見ているんです。見ず知らずの人を救うために必死になったあなたの姿。決して見返りを求めるためでなく、ただ救いたいというまっすぐな気持ち……その心は、今も変わらないでしょう？　目の前で子供が怪我をしていたら、癒《いや》しの力がないからと見捨てたりしないでしょう？　できる限りの手当てをして、助けを求めて、なんとしても救おうとするでしょう？」

ほろりと、涙がほおを伝う。

本当に、この男の人は私の力など関係ないと、そう思ってくれている？

「ふふ、もう皆のための巫女ではなくなりますね。それは嬉しい」

嬉しい？　嬉しいですって？　巫女でなくなったのが嬉しい？

駄目だ、分からない。全然分からない。誘拐する目的だったら、もう私に近づく必要なんてないのに……それに巫女の力を狙って攫《さら》うチャンスをうかがっていたんじゃないとすれば、なぜ、行くところ行くところで会ったりしたの？

これまで混乱していてできなかったけれど、今なら聞ける気がする。

「あ、あなたはいったい……」

「ああ、失礼いたしました。まだ自己紹介もしていませんでしたね。アルフとお呼びください」

「アルフさん？　えっと、あの、どうしてここに？　あなたは、キノ王国の人じゃないんですか？　それともミーサウ王国の人なんですか？　なぜいろいろな場所にいたんですか？」

すべてを確かめたくてアルフさんに尋ねてみた。……本当のことを答えるかどうかは分からないけれど。

「そう、何度も偶然お会いしましたね。私にとっては運命のように幸せな瞬間でしたが、確かにハナさんは疑問に思いますね」

にこりと微笑むアルフさんの顔は、作り物ではない、自然な表情に見える。

どっちなの。本当のことを言っているの？

「ハナお姉ちゃん、お花いっぱいとれたよーーっ！」

遠くからクルルちゃんの声が聞こえる。

「あれ？　このお兄さん誰？」

クルルちゃんがアルフさんを見て口をあんぐり開けている。

「初めまして。私はキノ王国からハナさんをお迎えに上がった騎士アルフと申します」

アルフさんが、膝をついてクルルちゃんに騎士の礼をとる。

それを見たクルルちゃんが目を輝かせて喜ぶ。

騎士？　私を聖女と呼ぶように、自分のことは騎士という設定にしたのかな？

それとも本当に……？

「騎士？　騎士様って、お姫様とかのそばにいる人でしょう？」

クルルちゃんが私の顔を見て続ける。

「ハナお姉ちゃんって、もしかしてお姫様？」

ごっこ遊びなら付き合ったほうがクルルちゃんは楽しかったかもしれないけれど、さすがに自分が姫だなんてとても言えない。

「いいえ、違うわよ」

「え？　じゃあ、騎士様は、なんでハナお姉ちゃんを迎えに来たの？　お姫様のそばを離れてもいいの？」

ふふふと、アルフさんが笑った。

「キノ王国には私以外にもたくさんの騎士がいますよ。姫殿下には、親衛隊騎士がそばにいます。私は、特殊任務を請け負いミーサウ王国に来たんですよ。もうその任務も終わったので、ハナさんと一緒にキノ王国に帰るんです」

特殊任務？

「へえ、そうなんだぁ。あ、そうだ。ハナお姉ちゃん、お花どうぞ。騎士様、ハナお姉ちゃんのことお願いしてもいい？　クルルは、お客さんが来たって伝えてくるよっ！」

クルルちゃんは、かわいらしい花を私に差し出すと、村に向かって駆け出した。

「綺麗だ」

アルフさんが私を見下ろして言う。あ、違う？　私の手元を見てるのかな？

「ええ、綺麗な花」

「そうです、ハナはとても綺麗だ」

オレンジに近い黄色の花。

アルフさんが手を伸ばして一本引き抜き、腰に下げている短剣で茎を短く切り落とした。

え？　短剣に刻印されていたのは、キノ王国の騎士の紋章だ。

ということは、本当にアルフさんはキノ王国の騎士様？

茎を短くした花を、アルフさんは私の髪に挿《さ》した。

「似合いますよ」

「え？　あ……」

花を頭に飾るなんて、そんなことしたこともなかったから、びっくりして声が出る。

「ありが……とう、ございます」

騎士ともなれば、女性の扱いに慣れているのかな？

ん？　あれ？　ガルン隊長も騎士じゃなかったっけ？　ってことは、騎士だからどうっていうのは関係ないか。ガルン隊長なら花は花でも、食べられる実がなる花のほうが好きそうだ。

「行きましょう」

アルフさんがすっと私の前に手を差し伸べる。えーっと、手を取れということ、だよね？

差し出された手を取ろうか迷う……。……そういえば、ユーカを攫《さら》った人たちから救ってくれたお礼をまだ言っていなかった。そんな失礼な私に対して――巫女でもなくなっ

た私に対しても、怪我人だからっていたわってくれてるんだよね。

いい人、なのかもしれない。騎士というのも本当なのかも……

「あの、大丈夫です。一人で歩けます」

「いいえ、怪我人だと思って手を出したわけでは……」

う、わー。勘違いに顔が赤くなる。

そ、そうか。あくまでもアルフさんは私を女性として扱ってくれてるんだ。それを、素直に手を置くべきところを……。騎士にとって、女性に差し出した手を拒否されるのってかなりの屈辱じゃないのかな？　勘違いとはいえ、またまた失礼なことをしてしまった。と、慌ててアルフさんの顔を見ると、優しく微笑んでいた。

「ふふ、きっとハナさんはこうして、大丈夫ですかと何人もの怪我人や病人に手を差し伸べてきたのでしょうね」

確かに、手を差し伸べるイコール、病人や怪我人にということしか頭になかった。アルフさんは、分かってくれるんだ。

「これからは私に、手を差し伸べさせてください。こうして、何度でも。どうぞレディ。足元に気を付けて」

まるで、貴族の淑女にするような仕草。騎士様にとってはこれが普通なんだよね、あー、でも、庶民出身の元下級巫女の私は、全然慣れていない。けれど相手の厚意を無下にしてはいけないと、おずおずと差し出された手に手をのせる。

「さぁ、行きましょう」

すっと体を反転させ、私の横に並んだアルフさん。何かあればいつでも体を支えられるよう、半歩下がって歩いている。

「あっ」

なんでもない場所。だけれど、二週間体を動かしていなかった私には、そのなんでもないところですら足がもつれてしまう。

「大丈夫ですか、ハナさん」

気が付けば、アルフさんの綺麗な顔が近くにあった。アルフさんが腰を支えて倒れるのを防いでくれたのだ。

「すみません、ありがとうございます……」

そう答える私の顔を、アルフさんがじっと見ている。支えた手はそのままだ。

「あの、大丈夫ですから……」

手にジワリと汗をかいてしまう。じっと見られることには慣れていない。

そう、いつも眼鏡とマスクをしていたから、眼鏡越しの景色と全然違うのだ。いや、見えているものは同じなんだけれど、レンズがないだけで距離感がガラッと変わる。

「本当に大丈夫なのですか？　こんなに弱って……早く戻って巫女に……いえ、聖女に癒《いや》してもらいましょう」

戻る？　巫女や聖女がいるのはキノ王国だ。自然と戻るという言葉が出てくるということは、本当にキノ王国の人なんだ。しかも聖女に癒《いや》してもらうなんて考えが出るというのは、王都で生活している人間でも少数なはずで。騎士なら、聖女様と面識があるのかもしれない。

アルフさんの心配そうな目を見る。確かに、昔の私だったら、こんなにふらふらしていたらすぐにでも癒《いや》してあげなければと思っただろう。だけれど、今はそう思わない。

ゆっくりと首を振った。

「どこも悪くない……いいえ、今、よくなっている途中なんです。これが、巫女のいないミーサウでは普通のこと……」

「普通？　こんな、歩くのも自由にならないことが？」

「頭を怪我したのです。傷がふさがるまで二週間ベッドの上で過ごしました」

私の話にアルフさんは驚いた顔をしている。

「驚きますよね。キノ王国では、どんな怪我でも巫女の力を借りれば、長くても三日で傷がふさがりますから……」

アルフさんがそっと手を伸ばす。まだ包帯を当てている私の頭に近づけ、触れるか触れないかの位置で手を止めた。

「思った以上に大変な怪我を……やはり、すぐにでも癒《いや》してもらいましょう」

思った以上？　私が谷から落ちて怪我をしたという話を聞いたのかな。

「いいえ、もう傷は問題ないのです。今は、二週間ほどふせっていて落ちた筋肉やこわばった体を、以前のように動かせるよう少しずつ慣らしているところです」

アルフさんが心配そうな顔をしたまま私を見ている。

巫女に癒《いや》してもらうことが当たり前の世界で過ごしてきた人間には、驚くような話ばかりなのだろう。

「知ってます？　人って、長い間体を動かさないと、動けなくなるんですよ。あの、勤務地だったところの隊長の話だと、訓練を一日休むと取り戻すのに三日かかるって言うんですが、歩くだけでも同じなんです。二週間体を動かさないと、こんな状態です。でも、一週間もすればだいぶ動けるようになるそうです。これが、例えば骨がくっつくまで三か月動かさないでいると、満足に動かせるようになるまで一年かかるらしいんです」

アルフさんの返事を待たずに、言葉を続けた。

「でも、生きてます。巫女がいなくても……生きられるんです」

ゆっくりと二人で歩き出す。私は、怪我をしていろいろ考えたことをアルフさんに話す。そうすることで、自分の中でもう一度考えをまとめたかった。

巫女の力を失った私に、何も失っていないと言ってくれたアルフさんに聞いてほしかった。

「私は、巫女がいれば人は救われると思っていました。巫女の力が上がれば人をもっと救える。巫女が増えることで、巫女の力が上がることで、皆を救えると……」

アルフさんが小さく頷いた。

「間違っていないと思いますよ。実際、キノ王国には巫女がたくさんいたから、ミーサウ王国ほど被害はなかった。……王都の惨状はそれはひどいものでした」

王都の惨状？　アルフさんはミーサウ王国の王都にも行ったんだ。

そういえば任務の話は聞いてなかった。特殊任務ってどんな内容なのだろう。教えてくれないかもしれないけど、機会があったら質問してみよう。今は……自分の過《あやま》ちをきちんと説明したい。

「今回みたいな緊急時には、巫女の力が大きな役割を果たすと、私も思います。ですが……。巫女の力は有限なんです」

自分のしでかしたことが恥ずかしくて下を向く。

「巫女は命を削って癒《いや》しを施《ほどこ》していると……この村の元巫女である、ばば様に教えていただきました。魔力を回復して何度も何度も癒《いや》しを行えば、その分命を縮めてしまう。……魔力を回復しながらの癒《いや》しは、巫女の寿命を縮める行為なんです……だから、決して広めてはいけない方法でした……」

アルフさんが私を支える手に少し力が入った。アルフさんは命を削るという話に驚いてはいない。マーティーに託してキノ王国に伝えてもらった話は、アルフさんの耳にも入っているんだ。騎士ならば、重要な話を耳にしないはずないものね。

「でも、そのおかげではやり病《やまい》から多くの人が救えた」

アルフさんがそう言ってくれるけど、でも……

「私、見たんです。ミーサウ王国の人たちの変貌ぶりを！　奇跡のように力を使い続ける巫女を見た人たちが、『治せるんだろう』って、『治せよ』って……誰かを助けるためには、巫女が苦しみながら力を使おうと、力を使いすぎて意識を失おうと……、そんなことお構いなく……大切な人のために巫女に力を使わせようとする……」

がくがくと足が震えて歩けない。アルフさんが安心させるように優しく微笑んだ。

「まさに命を削る行為だったと知らなかったとはいえ……キノ王国では、すでに巫女が巫女を癒《いや》して力を使うことはしないように使者が動いています。ですから、大丈夫ですよ」

使者というのはマーティーのことだろうか。アルフさんはなんでも知っている。きっと位の高い騎士なのだろう。

でも、肝心な部分がまだ伝わっていない。フルフルと頭を横に振る。

「目の前に、すぐに楽になる方法があるって知っているんです。巫女の命を削ると知った人たちは、それで巫女への救いを求めることをやめるでしょうか？　巫女の寿命が縮まる瞬間は見えないんです。一回くらいならいいだろうって……。苦しんでいる小さな子供を助けるために親が巫女のもとに来たら、巫女は無視できない……。今までは、魔力が足りなくて癒《いや》しが行えないと納得できた人も、魔力が足りないなら魔力を回復してもらえばいいじゃないかと納得できなくなる……。それに……キノ王国では、怪我が治るまでに二週間も一か月もかかるなんて想像できないでしょう？」

アルフさんがはっとする。

「確かに……そうだ。私も驚いた」

アルフさんの手が伸び、私のほおに触れる。

「ハナさんが苦しんでいるのだから、早く巫女に癒《いや》してもらわなければと思った。巫女がいるのだから……と。巫女の力に頼るのは当たり前に……」

ポロリと私の目から涙が落ちる。

「死ぬわけじゃないんです。針で指をさしてしまったのと同じ。あかぎれで手がひび割れたのと同じ……。治るまでに少し時間がかかるだけなんです……。針で指をさしても、あかぎれが痛くても……巫女に癒《いや》しを求めたりしないでしょう？　治るって知っているから、大したことがないって分かっているから……」

それなのに、私は、簡単なことだと、ほいほいと癒《いや》してみせた。癒《いや》す必要のないことまで癒《いや》してみせた。

あの時の私はどんな気持ちだったのだろう。もう、覚えていないけれど……間違いなく、助けたい！　っていう気持ちじゃなかったはずだ。

「母が……言っていたのもこれか……」

え？　母？

「身の危険も顧《かえり》みず戦う者は二流。巫女に癒《いや》してもらえばよいなどと考えて、その身を守ることをおざなりにしてはいけないと……」

アルフさんが青い空を見上げる。

「たとえ部下を助けるためだったとしても、部下を助け、そのうえで自分の身も守れるようにしなければならないと……母に言われたことがあります。その時は、単に敵の剣を受けることがないくらい強くなれという意味だと思っていましたが……」

　アルフさんが私の顔を見て続ける。

「巫女に癒《いや》してもらえばいいとどこかで思っている気持ちを、注意していたのかもしれません。巫女が命を削って癒《いや》しを行っていると母は気が付いていたのかも……いえ、そうでなかったとしても、何らかの犠牲を払っているのを知っていたんでしょう。はやり病《やまい》を癒《いや》している巫女たちは、苦しみながらも力を振り絞って一人でも多くの人を癒《いや》そうとしてくれた……。巫女の苦しみなど……愚かにも私は気が付かなかった」

　アルフさん……。

　私も、いろいろなことに気が付かなかった。だけど、今なら分かる。

「本当に苦しいのは、癒《いや》せないことなんです……癒《いや》しをするための苦しみなんて大したことはないんです……。そう、命を削ってでも救えるなら、それは苦しみじゃない……」

　私の言葉に、アルフさんがぐいっと私の両肩をつかんだ。

「駄目です。命を削るなんて、巫女を犠牲にしてまで……いったい誰を助けなくちゃいけないというんです？」

「誰を……？」

　アルフさんの目が鋭く光る。

「キノ王国の上層部では、平和を望む国王派と、弱体化したミーサウ王国の領土を狙う王弟派がぶつかっています。巫女がいれば、キノ王国は簡単にミーサウ王国を手に入れられるだろうと……」

そんな……！　戦争で傷ついた兵を癒《いや》せ――と。

「巫女の力を戦争の道具として見るなんて……」

ミーサウ王国の過去の過《あやま》ちを繰り返すつもりなのかと、背筋が寒くなる。

「王弟派は、適齢期を過ぎて結婚もできず子供も産まない役立たずの巫女たちを戦地に送ればいいと……ミーサウの歴史に学んでうまく利用すればいいと主張しています」

なんて……なんてことを……

「私は……役に立ちたいから結婚して力を失うことが怖かった。でも、結婚せず子供を産まない巫女が役立たずですって？」

ひどい。ひどい。ひどい。神父様の奥さんである中級巫女は子供がいなかったけれど、それは子供を産めなかったのか産まなかったのか、きっといろいろな事情があったに違いない。神殿に来る病人や怪我人を助けたくて、子供を産んで力を失わないようにしたのかもしれない。

役立たずだなんて……どうして、そんなひどいこと……

「ああ、我が聖女よ。泣かないでください。母も……そうして泣きました。子を産んだ巫女も、その子に巫女の力がなかったら役に立たなかったと言うのかと……」

母も？　アルフさんのお母さんも元巫女？

知らなかった。いいえ、考えたこともなかった……子供を産んだ巫女のことを。巫女が聖女を産むかもしれないと、貴族に望まれ多くの巫女たちが嫁いでいく。産んだ子供に、聖女どころか巫女としての力もなかったと分かり、がっかりされた元巫女たちもいるなんて思ってもみなかった。

「私は、国王派です。戦争など起こさせやしません……そのために、今回、聖女候補であるルーシェ様が無事にミーサウ王国の王都にたどり着けるよう、陰ながら護衛いたしました」

「ルーシェの……護衛？」

「ええ。特殊任務として、です。ルーシェ様が城を抜け出した時には焦りましたよ」

あ。そういうこと……か。

抜け出したルーシェを捜すために駐屯地の近くに来ていたのか。ルーシェを追っていたから、街で会った。ルーシェが城に戻ったから、城でも会った。そして、ミーサウ王国ではルーシェを護衛して付いてきていたから、助けてもらえたんだ。あちこちで偶然

会ったのは、ルーシェを捜していたから。ルーシェを陰ながら護衛していたから。ハナさん

「でも、今となればそのおかげでハナさんと再会することができましたし……ハナさんにルーシェ様を守ってもらうことができました」

「……私、ルーシェを守れたの？」

「ええ、王弟派が狙った戦争の火種を消してくださいました。派遣した聖女を傷つけたと、それを理由に攻め入るつもりだったのです。……王弟派が、ろくにルーシェ様に護衛を付けずに派遣したのはそのためで……。それを防ぐために、私は理由をつけて騎士としての務めを休み、陰ながらルーシェ様の護衛に付いたのです」

「ありがとうございます……ルーシェを、守ってくれて……」

私がお礼を言うと、アルフさんが首を横に振った。

「いいえ、ハナさん、あなたのおかげです。無事にルーシェ様がミーサウ王国の王都に到着したのを見届けた時に、話を聞きました。あなたがルーシェ様の影武者を買って出てくださったこと。それに、信頼のおけるマーティーという兵をそばに置いてくださったことも。もしかすると王弟派の手の者がミーサウ王国の護衛に紛れ込んでいるのではないかと疑ってもおりましたので、助かりました」

「あ、そうだったんですね。マーティーにはちょこちょこガルン隊長へのお使いを頼ん

で離れさせてしまいましたけど……」

　悪いことをしたのかな？　と思ったら、突然ふふっとアルフさんが笑った。

「そうか、ハナさんと初めて会ったのはガルンの任務地の近くでしたね。ハナさんはあの駐屯地の巫女でしたか。……ガルンにも遠回しに助けてもらったことになりますね。今度会った時には酒でもおごりましょう」

　え？　アルフさんはガルン隊長と顔見知り？　酒を飲んだりする仲なの？　……気にはなるけれど、今はそれ以上に聞きたいことがある。

「あの……これから、ミーサウ王国とキノ王国はどうなるんでしょうか……」

　ただの庶民である私が、国のことに口を出すなどできるはずはないとは分かっているけれど……。それでも気になってしまう。

　アルフさんは、にこりと笑ってすぐに答えをくれた。

「仲良くなれればいいと思いますよ」

　仲良く……

「王弟派は、ミーサウ王国がはやり病《やまい》で弱っている今がチャンスだと思っているようですが、我が国も無傷ではないんです。はやり病《やまい》でかなりの打撃を受けています……戦争なんて考える余裕などないのです」

「だったら、なぜ、王弟派は……」

「あわよくば、王の座を……と。もう、周りがよく見えていないのでしょう」

王の座……自分たちの欲のために……巫女を戦争の道具に……

子供を産まない巫女は役立たずだって言うような人に、王になんてなってほしくない。

私の顔を見て、アルフさんがそっと私の体を包み込んだ。

「大丈夫です……私が……私たちが戦争などさせません。キノ王国とミーサウ王国を友好国にしてみせます」

友好国。

イシュル殿下の顔が浮かんだ。それから、クルルちゃんにばば様……村の人たち。それから……

戦争なんて駄目。駄目。

「私にも……何かできませんか……」

アルフさんの服をぎゅっと握り締めた。

「……話をしてください」

「話？」

「ええ。イシュル殿下にも、国同士助け合えることがないか、元巫女の知識が役に立つのではないか、ミーサウ国からは何を差し出せるのかなど、いろいろ考えを話したのでは？」

私はこくりと小さく頷く。

「はい。ミーサウ王国の元巫女たちが持っている、巫女の知識――最小限の癒《いや》しで人が助かる知識は、キノ王国の助けになると思います」

そう言うと、アルフさんが首を傾げた。

「ミーサウ王国の元巫女？」

どこまで話してもいいのだろうか？　キノ王国の騎士だということは分かったけれど、本当にどういう立ち位置の人かまでは知らないのだ。我ながら疑り深くて嫌になる。

……ああ、そういえば、ガルン隊長と酒を飲むというような話をしていた。ガルン隊長と本当に顔見知りであれば、隊長の詳しい話が聞けるはず。探るようにガルン隊長の話を振る。

「あ、そういえば、ガルン隊長と、知り合いなのですか？」

「そうですよ。だけど、私はガルンのことは嫌いです」

え？　ガルン隊長を嫌い？

ガルン隊長のもとで働いていた私に信用されたいなら、嫌いなんて言わないよね？

「一緒に騎士学校を卒業して騎士になり、二人で陛下に剣をささげるつもりだったのに……私に面倒な役割を押し付けるように、さっさと王都を離れていったんですから……」

「え？」

アルフさんが不満げな顔で言葉を続ける。騎士学校が一緒？　面倒な役割を押し付けた？　ガルン隊長が逃げるような真似をするかな？

「ハナさんもガルンのことをご存知ならば、騎士らしさがないのは分かりますよね？」

「は、はぁ……」

まぁ、うん、確かに。騎士っていうのを知らない兵も巫女も多かったというか、知ってても「うそだ」とつぶやく人が多かった……ですが。

「だからと言って、自分だけ……私だって面倒なんですよ？　常に騎士らしさを保ちながら、国王派と王弟派の顔色見ながら動向を探ったり……」

えーっと……騎士らしさを保ちながら顔色をうかがいつつ……。あ、うん、ガルン隊長は逃げそうですね。

「群がる女性をあしらうのも、骨が折れるんです」

アルフさんはよほど嫌なことを思い出したのか遠い目をする。

「群がる……女性……」

　確かに、アルフさんはとても顔がよくて、それから私みたいな庶民出の元下級巫女にまでレディ扱いをしてくれるほど紳士的で、モテそうだけれど。

　ガルン隊長も、王都ではそんな面倒ごとがあったの？　女性に囲まれるガルン隊長を想像する。

　……あ、なんだろう。ガルン隊長が、女性を女性扱いせず、怒った女性たちにぼろくそ言われている姿が思い浮かんだ。

「あ、いえ……すみません。女性に対して面倒だなんて、失礼な言い方でしたね。……私は、その……」

　ぷっ。思わず笑いが漏れてしまう。

「もしかして、アルフさんとガルン隊長って、見た目や物腰は似てないけれど、実はよく似てたりしますか？」

　面倒くさいという思いを態度に出すガルン隊長と、面倒くさいという思いを包み隠しながら動くアルフさん。二人は一見すると似てないかもしれないけど、「面倒くさい」と思っている点は一緒で。

「母に、『あなたたち二人はよく似てるわね』と言われたことがありますが……」

アルフさんが少しだけ眉間を寄せる。

ガルン隊長は「俺はこんな気障《きざ》ったらしくない。似てるなんて心外だ」って言いそうと思っていると、アルフさんが、

「私はガルンほど粗野ではないつもりですが……」

と言った。ふっ、ふふふ。

仲がいいんだ。騎士学校のころから、二人は言いたいことをあけすけに言える仲良しで、きっと、お互いのことを信用しているからこそ出てくる言葉で。

アルフさんは信用できる。全部を信用してもいいんだ。素直にそう思うことができた。

「え？　何か面白いこと言いましたか？」

「いいえ、ふふふ、すみません、ふふ」

何笑っているんだよハナって、ガルン隊長も言うよね。言葉遣いは違っても、ふふふ。

「あー、ハナお姉ちゃん楽しそうに笑ってる！」

クルルちゃんが駆けてきた。

「よかったね、お兄ちゃんといると楽しいんだ。好きな人に迎えに来てもらえてよかったね」

「す、好きな……人？」

アルフさんが激しく動揺している。

私みたいな行き遅れの想い人に勘違いされたら困るよねっ。

「クルルちゃん、ち、違うの、あの……」

迷惑かけちゃうと思って、慌てて否定しようとしたら、クルルちゃんが首を傾げた。

「え？　だって、知らない人とか嫌いな人が迎えに来るよりも、知ってる人や好きな人が迎えに来てくれるほうがいいでしょう？　マーティーお兄ちゃんが来た時と違って、ハナお姉ちゃん騎士様のこと緊張した顔して見てたけど、嫌いな人じゃなくてよかった」

アルフさんが困ったような顔をした。

「ああ、そういう話でしたか。クルルちゃんはよくハナさんのことを見ているんですね。ありがとう。ハナさんのことを気にかけてくれて」

アルフさんがお礼を言うと、クルルちゃんが照れたように笑った。

「えへへ。だって、私もハナお姉ちゃんのこと大好きだもん。あ、お客さんが来たって伝えたら、皆でお茶しようって。こっちだよ！」

クルルちゃんに手を引かれて、部屋に戻った。

テーブルには、お茶と果物が用意されていて、私とクルルちゃんとアルフさんとばば様の四人でお茶を飲んだ。

アルフさんは、私の体のことや、いつ移動しても大丈夫か、移動する時の注意点はなど、しきりにばば様に聞いていた。

「ふぉふぉふぉ、よほどハナのことが大事と見えるが、焦りすぎても心配しすぎても駄目さね」

わ、私のことが大事？　ばば様の言葉にぶほっとお茶を噴き出しそうになる。

「ええ、大切です。命の恩人なのですから……」

アルフさんがじいっと私の顔を見る。

青い綺麗な瞳が、少し揺れていて、なんだか本当に大切な宝物を眺めているみたいに見えて……。背中がむず痒《がゆ》いような気恥ずかしさがある。

命の恩人……。私にとってはばば様やクルルちゃんたちだ。

「あの……ばば様、アルフさんは信用してもいい人だと思うんですが……」

「くほほ、何やらハナは他人行儀な言い方をするのぉ」

ばば様がアルフさんの顔を見て笑う。

「今日やっと名乗ったくらいなので、これから頑張ります」

アルフさんがぺこりと小さくばば様に頭を下げた。

頑張る？　それは信用を勝ち取るためってことかな。悪い言い方しちゃった、信用してもいい人なんて言い方……信用できますと断言すればよかった。

「で、なんじゃ、ハナ」

「ばば様の……村ができたその、いきさつとか話しても構いませんか？」

ばば様がふっと微笑んだのを確認して、話を始める。

――ここが、巫女たちが隠れ住んでできた村だということを。

「キノ王国の巫女の知識と、ミーサウ王国の巫女の知識を合わせることで、両国の人々は幸せになれると思うんです……」

と、これまでに考えたことを話す。アルフさんはずっと静かに私の話を聞いていてくれた。時々深く頷きながら。そして、一通り聞き終えるとアルフさんはばば様に質問を投げかけた。

「ばば様、巫女に癒《いや》してもらったはずの傷が、時々痛むことがあるのはどうしてでしょう」

ばば様は冷めたお茶をずずずと飲み干すと、ゆっくりと口を開いた。

「そうさなぁ、古傷が痛むというやつじゃろう。巫女の力を借りても借りなくても同じじゃよ。治ったようで、完全には元に戻らぬことがある。……巫女に傷をふさいでもらっても、傷跡は残るじゃろう？」

ばば様が、アルフさんの手の甲に小さく残る傷跡を指さした。

「痛くはない、治ったと思っても、こうして傷を負った過去は残る。心も体も同じじゃ。時々痛かったことを思い出して痛くなる」

ばば様がふぅっと小さくため息を吐き、ちらりと私の顔を見た。

心の痛み……

「この村にはないがの、体のほうの痛みを和《やわ》らげる食べ物があると聞いたことがあるぞえ」

「え？　そんなものが？」

「うむ。巫女の花が取れる場所じゃないかのぉ。暖かくて海の近くの砂地に育つと聞いたことがある。紫の小さな花をつける植物の実じゃ。熱を下げる効果もあるという話じゃったな」

痛みを取って熱を下げる実。

「それが本当ならば……もし、巫女に負担をかけずに痛みを取ることができるなら……」

アルフさんが腰を浮かせ、独り言のようにつぶやく。

すると、ばば様がふと何かを思いついたように手を打ち、立ち上がって部屋を出ていった。それからしばらくして小さな紙片を手に戻ってきた。

「力を失った巫女たち……姉さまたちの何人かは、それでも皆を助けようと必死だったんじゃ。巫女の力に代わる何かがあるという話を必死に集めていた姉さまもいてな。ワシには、もう役立てるあてもないからの」

そう言ってばば様は紙片を開く。手のひらにのるくらいの紙には、細かな字でびっしりメモが書かれていた。

「お腹が痛い時によい植物……寒い土地で、白い大きな花をつける木の皮を煎《せん》じて飲む。体が冷えている時に温める効果もあり……腹痛に――」

私はメモの一部を声に出して読み上げる。

「どれも遠い土地の話なんでな、姉さまも確かめることができないままじゃったよ。ワシもこの年じゃ。もうどうしようもないからの」

ばば様の目は昔を懐かしんでいるようだ。姉さまと呼ぶ人物を思い出しているのだろうか。

「ありがとうございます。私、探します！　探して、本当にこんな素敵なものがあれば、広めます」

アルフさんが紙片を持つ私の手に、手を重ねる。

「ハナさん……その役目は、私に任せてくださいませんか？」

「え？」

「これでも、人を使える立場ですから」

アルフさんが私の目をまっすぐ見る。

人の上に立つ者だという驕《おご》りは感じない。ガルン隊長と似ていると思っただけあって、その目には強い責任感があった。

「あ……」

「キノ王国よりは小さいとはいえ、一人で回るにはミーサウ王国は広いです」

アルフさんの言葉に、はっとする。確かにそうだ。私一人で情報を集めようと思ったって、何年かかるか。いや、何年かけても集めきれないだろう。

「私……」

巫女の力を失っても、まだ私にはできることがあるってそう思ったけれど……また、同じ間違いをするところだった。巫女の力が強くなっても、私一人では皆を救えないと気が付いたはずなのに。

「ありがとうございます」

アルフさんに頭を下げる。

人を使って、私の思いを、考えを、実現してくれる。アルフさんには感謝しかない。

「いいえ、いいえ、我が聖女よ……。あなたが私に頭を下げる必要など一つもありません。それどころか……」

また、聖女なんて言葉を使って。どうしたら言わなくなってくれるのかな。

ちょっと困った顔をして顔を上げると、アルフさんの綺麗な顔がすぐ近くにあった。

「恩人のあなたに、お願い事をしようとしている……」

願い？

「あの、私にできることですか？」

「我が聖女……あなたにしかできないことです」

私だからできること。巫女の力を失った私を……必要としてくれるの？

「アルフさん、やります。私にできることであれば、なんでも言ってください」

アルフさんがふっと笑う。

「なんでもと言われると、別のことをお願いしたくなりますね」

「別のこと？　あの、一つじゃなくてもいいですよ？　いくつでも言ってください。私にできることなら」

言葉を続けようとしたら、アルフさんが人差し指を立てて私の唇に当てた。

「本当に、それ以上言わないでください。弱っているあなたに付け入るような真似をしてしまいそうだ……」

アルフさんが苦しそうな表情を浮かべて下を向いた。

何かをつぶやいたけれど、くぐもっていてよく聞こえない。

それに、なぜ苦しそうな表情を見せるのか分からず不安になる。

やがて、アルフさんはその表情を消し、美しく笑って私の顔を見た。

「では、一つ目は私と一緒にキノ王国へ帰ってください」

「え？　アルフさんと一緒に？」

「私にしてくださった話を、他の人にもしていただきたいんです。私から伝えるよりも、巫女である……立派な巫女であったハナさんから伝えてほしい」

私が立派かどうかは微妙なところだ。下級巫女だし、もう力も失ってしまった。だけれど……

巫女が巫女を癒《いや》して限界を超えて癒《いや》しを行うことが命を縮めることだと……その間違った方法を伝えてしまった責任は取らなければならない。頭を下げなければならないのなら何度だって下げる。そして、今度こそ人々の役に立つ巫女の知識を……集めて広めていきたい。

「分かりました。一緒に行ってお話しさせていただきます」

「ありがとう。感謝します……それからもう一つ、お願いです」

今度はどんな願いだろう。

「――無理はしないでください」

心配そうな表情のアルフさんを見て、隊長の顔が浮かんだ。そうだ。フラフラな私の姿を見れば、ガルン隊長もきっと同じことを言う。

「ふふふ、分かりました。無理はしません」

私の言葉に、ばば様が笑う。

「そうじゃ。無理は禁物じゃ。で、一緒にキノ王国へ行くと言うが、まだハナは山を下りられん。動けるようになるまでお主《ぬし》はどうするつもりじゃ？　村に滞在するというなら寝る場所を用意するぞ？　この部屋にベッドを運び込ませようか？」

アルフさんがばば様の言葉に、顔を真っ赤にして私から距離を取った。

「それは、いえ、あの」

そうですよね。アルフさんも困りますよね。

「ばば様、騎士様に看護させるわけにはいきません。自分のことはほとんど自分でできるようになりましたから大丈夫ですよ」

生死をさまよっていた時には、クルルちゃんやばば様、クルルちゃんのお母さんたちが誰かしらずっとそばに付いて世話をしてくれていたのだけれど、もう大丈夫だ。

私がそう告げると、ばば様がアルフさんの背中をバシバシと叩いた。いい音が響く。

マーティーの時も思ったけれど、ばば様は元気だな。

「そういう意味に受け取ったか、わはは。そうか、そうか」

ばつの悪そうな顔を見せるアルフさんと、愉快に笑うばば様。もしかして私だけが、騎士であるアルフさんに看護させるなんて失礼な発想をしちゃっただけ？

「あ、もしかして、私が無理しないように見張るためですか？　大丈夫ですよ、あの、そりゃ巫女だった時は無理することもあって、何度もガルン隊長にあきれられましたけれど、もう、無理しませんからっ！」

私の言葉に、ばば様はさらに笑い出した。あまりに笑いが止まらなくてお腹を抱える。

「ひーっひっひ。いやいや、そうかい、そうかい。ハナは巫女の知識以外にも勉強したほうがいいことが多そうじゃのぉ。まぁ、しっかり教えておやり」

ばば様は、今度は力を込めずにアルフさんの腰あたりをぽんっと叩いて部屋を出ていった。

巫女の知識以外を勉強？

ああ、確かに、私は十歳で巫女見習いになって、十五歳の時に下級巫女として駐屯地で働きだしてからずっと、巫女に必要な知識以外を学ぼうとはしてこなかった。……世間知らずと言われても仕方がない。

「あの、アルフさん、ご迷惑でなければ、いろいろ教えていただけますか？」

そう言うと、アルフさんはなぜか背を向けてしまった。

両手で顔を覆い、それから髪の毛をかき上げてパンッとほおを叩くと、再びこちらを向いた。

な、何？　今のは……？　人にものを教えるために気合を入れるタイプなんでしょうか？

「我が聖女……」

アルフさんが片膝をついて、椅子に座る私に手を差し出した。

「私があなたにいろいろ教えることができるというのなら、それほど光栄なことはない。本心を言えば、今すぐにでも……」

アルフさんが私の顔をまっすぐ見る。

端整な顔。青い瞳に映るのは、誠実な光。

「ハナさんと二人で、知らなかった新しい世界の扉が開けたら……どんなに素晴らしいか」

二人で？

「ですが、残念ながら今はその時ではなさそうです」

アルフさんが私の手を取った。その手を顔に近づけたものの、途中で動きを止めて立ち上がる。

「すぐにハナさんを連れて山を下り、キノ王国に戻るつもりでしたが、どうやら難しいようですね。一緒に行きたかったのですが、私は一足先に山を下り、ハナさんを迎え入れる準備を整えてきます。後日、信頼の置ける者たちに迎えに行かせますので。——キノ王国で、お会いしましょう」

アルフさんが部屋を出ていった。

準備……か。私も、お願いされたことをしっかりこなすためにいろいろ頑張らないと。

まずは、動けるようになること。それから、体力をつける。

そして、キノ王国に戻って、ミーサウ王国で知った新しい巫女の知恵や巫女の花のことを話す。ばば様にもっと話を聞こう。そう、村の他の人の話も聞きたい。それから、それをメモして……ああそうだ。ばば様にはキノ王国の巫女の知識も教えたい。せめてものお礼に。

自分でも驚くほど気力が満ちている。思わず無理しちゃいそうだけれど、無理をすれば回復に時間がかかる。気を付けないと！

アルフさんと会ってから二週間が経った。

「ばば様、お世話になりました」

そしてクルルちゃん、クルルちゃんのお母さん……お世話になった人たちに一人ずつお礼を言う。村を去るのが寂しい。また必ず来ますと言いたかったけれど、これからどうなるのか自分でもよく分からない。それに、もし来ることができたとしても何年先のことになるのか……

だけど、これがもう最後だというのが寂しすぎて。

「迎えが来たようじゃよ」

泣きそうになった私の肩を、ぽんぽんとばば様が叩く。

振り返ると、懐かしい顔があった。

「ハナ先輩ーっ！」

赤い髪の女性が手を振って駆け寄ってきた。

駐屯地で一緒に働いていた、下級巫女のマリーゼだ。今はキノ王国の王都で巫女たちの手伝いをしているんじゃなかったのかな？

「マリーゼ！　どうしてあなたが！」

マリーゼは両手を広げて、驚く私をぎゅっと抱きしめた。

「ああ、よかった。ハナ先輩。大怪我をしたって聞いて……」

心配して来てくれたの？

体を離すと、マリーゼは私の顔をじっと観察するように見た。

「もう大丈夫なのよ？」

「はい。そうみたいですね。先輩、前より顔色がいいですよ」

マリーゼの言葉にほおを両手で押さえる。顔色がいい？　そういえば、マスクと眼鏡をせずに生活していたから、少し顔が日に焼けて健康的になったのかな？

「マスクや眼鏡を外していても怖くない？」

私の言葉に、マリーゼが「はあ？」と大きな声を出す。すると、マリーゼの後ろからやってきたマーティーが顔をしかめる。

「駄目ですよ、ハナ巫女。山を下りたらちゃんとマスクと眼鏡はしてください」

「何言ってるの、マーティー。治療の時に必要だったマスクも眼鏡も、もうハナ先輩はしなくていいんだから！」

マリーゼの言う通りだ。もう巫女じゃない。だから、患者に接する時に必要としていたマスクも眼鏡も……

「駄目ですっ！　ハナ巫女、いえ、ハナさんは、マスクも眼鏡もしないと！」

マーティーの言葉に、マリーゼがムッとする。

「だから、ハナ先輩は必要がないのに、どうしてしなくちゃいけないのっ！」

「必要です。ハナ巫女は……力を失っても、えっと、その、巫女ですから……」

マーティーの言葉に、マリーゼがはっと小さく息を吞んだ。

マリーゼはどこまで私の話を聞いただろう。力を失った元巫女も治療にあたれる。巫女の知恵を生かした治療院をミーサウ王国に作ろうという話は、もう聞いているだろうか。そういえば、巫女の癒《いや》しの力を失った元巫女や、もともと力がなく知恵を受け継ぐ人たちはなんと呼ばれるようになるのだろう。

力がなくても巫女……。上級巫女、中級巫女、下級巫女、そして、新しくなんとかの巫女が生まれるということだろうか。新しい、巫女……

そんなことを考えつつも、マーティーとマリーゼが言い合っている間に、もう一度ば様たちに感謝の気持ちと別れの言葉を述べる。

「さぁ、行きましょう」

声をかけると、マリーゼが私の右手を取った。そして、マーティーが私の左手を取る。

巫女の力を失ってしまった私に、こうして手を差し出してくれる人がいる。それが嬉しくて、胸の奥が熱くなる。

「ありがとう、マリーゼ。ありがとう、マーティー」

さっきはばば様たちとの別れが辛くて、今は二人がいてくれたことに、また泣きそうになる。なんだか最近、どうも涙もろい。我慢しなくちゃ。

# 第三章　行き遅れ元巫女、キノ王国へ帰る

山を下りると、二台の馬車と、三十名ほどの護衛が待っていた。

「ハナ先輩、じゃあ、行ってきます！」

マリーゼが大きく手を振って一台の馬車に乗り込む。

「え？　マリーゼはどこへ行くの？」

マーティーが私の疑問に答えてくれた。

「マリーゼ巫女は、ルーシェ様のもとへ。ミーサウ王国で、キノ王国の者が一人もそばにいないと不安だろうと、すべての事情を知ったマリーゼ巫女が引き受けてくれました」

「ああ、ルーシェは心細かったでしょうね……」

仕方がなかったとはいえ、キノ王国の人間が他に一人もいなくなってしまったんだもの。

「イシュル殿下がとてもよくしてくださっていますし、ユーカちゃんたちとも仲良くしているみたいですから、大丈夫ですよ」

「よかった……。でも、マリーゼが行けばもっと安心できるわよね。巫女の知識もマリーゼなら教えてあげられるだろうし……」

一緒にキノ王国まで旅をすると思っていたから、マリーゼとはあまり話をしてない。話したいことがいっぱいあったのに。……マリーゼにはまたすぐに会えるよね？

「じゃあ、行きましょう」

馬車に乗り込む。マーティーは馬。

ああ、馬車の中では一人か。ちょっと寂しいなぁ。うん、でも……まだ体が本調子じゃないし、山を下りて疲れたから、自然と瞼《まぶた》が落ちていった……


国境まで四日。

街では休憩も宿泊もせずに素通りした。窓から見た街の様子が落ち着いていたことに、ほっとする。

「大丈夫ですか？　ハナさん」

馬車が止まって休憩するたびに、マーティーは同じことを口にする。

「ふふ、マーティー、大丈夫よ。ちょっと座りっぱなしで体が固まってるけれど。こうしてうーんと伸びをしているから。ああ、後ね、ばば様に教えてもらったの。筋肉をほぐして血の流れをよくするための動きよ。これって、兵の訓練にも使えそうよね？　こうするんですって」

ばば様に習ったように、足を前後に大きく開いて重心を前にし、後ろの足の筋を伸ばしていく。

「この筋を伸ばすことで、足首が柔らかくなって、疲れにくくなるんだって。それから、背中を伸ばすのはね、体の中……内臓を圧迫する姿勢でいるといろいろと調子が悪くなるから、とても大切なことで……」

気が付けば、マーティーだけでなく、他の護衛たちも体を伸ばしていた。

「なんか、これ、気持ちいいですね」

背が高くてがっちりした体形の護衛が笑った。私と同じ年くらいだろうか。

「本当ですね。これはいい」

別の護衛も笑顔だ。四十歳くらいだろうか。この運動は、年齢や性別に関係なく効果的なんですねぇ。

「そうですね、思った以上にいいみたいです」

ちょっと呼吸がし辛いのでマスクを外す。眼鏡も息で曇りそうなので、これも外した。

すると、さっきまで笑顔だった護衛たちが、とたんに硬直する。

「ハナさんっ！」

慌ててマーティーが私の顔を隠すように背にかばった。……あれ？　顔色がずいぶんよくなっているってマリーゼが言っていたから、もう不気味なほど白くて驚かせるようなことはないと思っていたけれど、そうでもなかったのかな？

それ以降、なぜか護衛たちがやたらと親切になった。……まだ病人みたいだからって心配させちゃったかな。怪我も治って大丈夫になったと思っているのは私だけなの？

心配になって毎日爪の色を確認してしまった。もう、血が足りていない白っぽい色じゃないんだけどなぁ……

「マーティー、ちょっと手を貸してもらえる？」

休憩時間に隣に座るマーティーの手を取る。

「え？　ハナさん……手？　僕の手ならどれだけでも貸しますけど、突然、何を？」

マーティーの手の隣に私の手を並べ、爪の色を比較。うん、そう変わりない。

馬車の中で手紙を書いたり、これまで知っていた巫女の知恵を文書にして、ばば様に聞いたことを書き加えたりと、なんだかんだと四日間はあっという間だった。

国境で馬車を降りると、馬の手綱《たづな》を引いたマーティーが隣に並んだ。

「はー、やっと国境に着いた……」

マーティーがほっとしたように息を吐いたので、声をかける。

「マーティーは長く感じたのね？　もしかして、いつもは国境まで馬を飛ばしてるのかな？　私が馬車に乗ったせいで時間がかかってしまってごめんね」

「いえ、そういうことじゃなくて……」

私が謝ると、マーティーがちょっと後ろを振り返って、ミーサウ王国の護衛たちの顔を見た。彼らとはここでお別れだ。

「はー。ハナさんが無事でよかった。ハナさんを馬に乗せて何度逃げだしたいと思ったことか……。ったく、あいつら……」

あいつら？

後ろを振り返ると、護衛たちが手を振ってくれている。彼らのこと？

「ありがとうございました」

ちゃんとお礼を言おうと、マスクと眼鏡を外して手を振る。

「あああっ！」

マーティーが私の肩を抱き寄せて、顔を国境側に戻した。いや、戻そうとして、キノ王国側に並ぶ兵たちの姿に目を留め、慌てて私の顔にマスクと眼鏡を装着。

マーティーったら。そこまで私、病人顔してるかな。大げさだよ。

国境を越え、キノ王国に入って六日。

王都の外壁が見えたところで、馬車が止まる。

マーティーがすぐに馬車のドアを開けてくれた。

「僕はここからガルン隊長へ報告に向かいます。ハナさんとはしばらくお別れです」

マーティーが寂しそうな表情を見せる。マーティーとはお別れかぁ。私は、どこへ連れていかれるんだろう？

マーティーがちょっと嫌そうな顔でちらりと前に視線を向けた後、私を見た。

「すぐにハナさんのもとへ戻ります。誰がなんと言おうと、必ず。ハナさんを守るのは僕の役割です。誰にも譲りたくありません」

力強い言葉。私を守るのはマーティーの役割？

もしかして、あの時、山の民から私を守り切れなかったことを気にして、今度こそ守り抜くみたいなことを思っているのかな。……マーティーは身を挺《てい》して私を守ってくれたよ？　だから、気にしなくていいんだって。

「マーティーが槍を振るう姿、すごくかっこよかった」

「え？　か、かっこいい？」

「うん。襲われてるのに……右に左にとマーティーが槍を繰り出す姿がとても綺麗で、見とれちゃった」

マーティーの顔が真っ赤に染まる。あれ？　褒められ慣れてない？

「あれだけの槍の腕があれば、絶対騎士になれると思うよ！　騎士採用試験頑張って！」

ぎゅっと力いっぱいマーティーの手を握って、ぶんぶんと上下に二回振ってから手を放す。

「ハナ様、こちらへ」

ハナ様？

突然、兵でも騎士でもない、きちんとした服装の人物に声をかけられた。そう、貴族のお屋敷で働いている執事のような見た目の中年の男性だ。きっとお迎えの人だろう。

私は小さく頷いてから、もう一度マーティーの顔を見る。

「じゃあまたね」

声をかけたけれど、マーティーはなぜか茫然と立ち尽くしている。

マーティーとはここでお別れかな？　騎士になったマーティーとまたどこかで会えるかな？

マーティーに手を振って、案内の男性の後に付いていくと、小さな馬車が用意されていた。傷一つなく艶《つや》やかに磨かれ、細かな細工が施《ほどこ》されたとても立派な黒い馬車だ。

馬車の扉が開くと、中から金の髪に青い瞳の美男子——騎士の制服に身を包んだアルフさんが姿を現した。

「我が聖女、お待ちしておりました」

ドキリ。あまりに美しい笑顔に、一瞬胸が高鳴る。……すごい、これが本物の騎士なんだ。制服を着るとまた一段と素敵に見えると誰かが言っていたけれど……本当だった。ガルン隊長も本物の騎士だったし、制服も着ていたものの、全然一段と素敵ではなかったので信じてなかったけれど。

差し伸べられた手を取り、馬車に乗り込む。アルフさんも私の隣に座った。

ドアが閉まると、静かに馬車が動き出す。

「あの、どこへ向かっているんでしょう？」

「王都にいる間に滞在していただく場所です」

それはどこなのだろう？　と首を傾げると、アルフさんが少しだけ目を伏せて、心配そうな顔をした。

「私の屋敷です。その……どうしても嫌だというのであれば、別の場所を探しますが……」

屋敷？　騎士だし、それなりの生活をしているってことかな？　だとしたら、たくさん部屋もあるだろうし、お邪魔にならないかも。

「ご迷惑でなければ。お世話になります」

「よかった。ああ、見えてきました。あそこが私の……いえ、正確には父の屋敷です。ゼマルク公爵邸と言います」

は？　公爵……？

頭がついていかなくて固まっている間に、馬車は進み、大きな門をくぐって止まった。

そこには、多くの騎士たちが立っていた。

「おかえりなさいませ。将軍のお戻りを皆が首を長くして待っていました」

「女性たちがまた騒ぎますね。氷の将軍を一目見るだけでもと、舞踏会に参加する者もいるくらいですから」

馬車の外から聞こえてくる会話に、再び固まる。

え？　将軍？　……氷の将軍？　って、今、聞こえたような？

先に馬車を降りたアルフさんが私のために手を差し伸べた。

だけど、差し出された手を取ることもできずに、恐る恐るアルフさんの顔を見る。

「こ、氷の……しょ、将軍？」

「はい。そう呼ばれることもあるようです」

にこりと綺麗な笑顔を向けられた。

「氷の将軍……アルフォード様？」

嘘、嘘、嘘！　待って、アルフォード、アルフ……

「ハナさん、私のことは、今まで通りアルフで構いませんよ」

綺麗な微笑みを絶やさない美男子。……そりゃ、美しいはずだ！　皆があこがれる社交界の華！

まさか、アルフさんが……。騎士というだけでもずいぶん立派な地位にある人だと思っていたし、ガルン隊長も騎士だし、領主の息子でもかしこまらないでと言われるままに普通に話をしていたけれど……

氷の将軍と言えば、国内一の大貴族、ゼマルク公爵家のご子息であり、若くして将軍職についた実力と美貌を兼ね備えた美丈夫《びじょうふ》――と、噂で聞いていた。その通りに、顔は本当に整っている。でも、顔がいいだけじゃなく、移動中、休憩時間には剣を振るなど鍛錬を怠《おこた》らないほど真面目で、人として尊敬できる男性だ。

わ、私ったら、何も知らずに……失礼なことしてたんじゃ……

驚きで身動きできない私の手を、アルフさんがそっと取り、馬車から降りるためにエスコートしてくれる。

「将軍が女性と一緒にっ」

「まさか、女性をエスコートしているっ」

私の驚きと同じくらいの衝撃を受けた様子で、アルフさんの後ろに数名の騎士が立った。私の顔を覗《のぞ》き込もうとしているみたいだ。

「ついに、将軍が婚約を？」なんて声まで聞こえる。

ごめんなさい、違うんです。ただの元下級巫女の庶民で、アルフさんに頼まれたことをするために来ただけなんです。

エスコートは、アルフさんは女性には騎士として皆に同じように接しているだけですから……。

行き遅れの庶民の姿を見れば誤解も解けるよね……と、アルフさんの名誉のためにもさっさと馬車から顔を出すことにします。

差し出された手に自分の手を重ねて支えにし、馬車を降りる。

服装は巫女服に似た飾り気のないワンピース。そこに大きなポケット付きのエプロンをしている。エプロンがないと落ち着かないんです。ポケットにはマスクと眼鏡と、何かあった時に使える清潔な布と包帯などを常備。

「み、巫女？」

ああ、周りの人が服装を見て誤解してしまったようだ。

すみません、もう巫女ですらないです。勘違いさせてしまう服装をしていたことも反省。

そして、騎士たちが私の顔を見た。

「はっ」

えっ、息を止めました？　しまった。マスクと眼鏡なし生活を続けていたので、馬車の中でマスクも眼鏡も外したままだったのを忘れていた。顔色悪くて不気味ですよね？

ちょっと視線を落として、アルフさんに重ねた自分の手を見る。爪の色を確認。うん、もう貧血は解消されている、ピンクの爪なんだけどな。もっと日に当たらないと駄目なのかな？

「しょ、将軍、このお方は？」

騎士に問われ、アルフさんがにこりと笑う。

「私の、大切な人ですよ」

と、アルフさんはなんとでも受け取れる言葉を返す。いやいや、言葉を端折《はしょ》りすぎですよ。

「あの、アルフさ……えっと」

アルフさんなんて呼んじゃ駄目だよね。いくらアルフさんがそう呼んでくれと言ったからって、身分も違うし。アルフォード様？　アルフォード将軍？

「将軍様は、ミーサウ王国に派遣されたルーシェ聖女候補様付きだった私を、キノ王国に連れ帰ってくれたんです、あの、ミーサウ王国で見聞きしたことを報告してほしいと頼まれただけで、その……特別な人というわけでは……」

早口で言葉を続ける。誤解を解かないと。アルフさんに申し訳ない。

「僕は第三騎士所属のハーウェと申します。よ、よろしけ――」

「私はロンバルです、ぜひお近づ――」

アルフさんの後ろに立つ騎士たちが自己紹介を始める。いや……自己紹介の途中でアルフさんがぎっと睨《にら》みつけた。

「私の、大切な人だと言ったのが、聞こえませんでしたか？」

そして、小さな声で騎士たちの耳元でささやいている。ん？　何を言ったのだろう？

騎士たちが顔を青くした。……もしかして、将軍に断りもなく口を開くのはルール違反とかあるのだろうか。それで私に聞こえないようにアルフさんは注意したのかな？

黙り込んだ騎士たちの間を進むと、今度はずらりと侍女や侍従が出迎えるお屋敷の入り口を、アルフさんにエスコートされながらくぐる。

うう、場違い場違い。

お屋敷に入ると、上品な女性が駆け寄り、アルフさんを抱きしめた。

「おかえりなさい、任務ご苦労様でした」

「母上、客人をお連れいたしました」

アルフさんのお母さんなんだ。四十になるかならないかに見える、とても綺麗な人だ。金髪に青い瞳。アルフさんはお母さんに似たのか。

「あら？　あら？　あら？　あらあらあら？」

アルフさんのお母様が、私を見たとたんに上から下まで品定めするように視線を動かす。

これは、また誤解されているのでは？

「は、初めまして。ハナです。あの……アルフさ……まには、ミーサウ王国に関する報告を頼まれまして、恐れながらその、しばらく宿泊する場所を提供していただけるということで……ま、まさか、アルフ様が、公爵家のご子息様とは知らず……」

と、ぺこりと頭を下げる。緊張して膝が震える。身の程知らずな娘だと思われてないだろうか。どうしよう、やはり宿泊は別の場所で……

「あら、あら、まぁ、まぁ、公爵家の者だと知らずに……そう、そうなの」

「あ、はい。も、申し訳ありません。騎士だというお話はうかがっていたのですが……」

有名な氷の将軍の顔も名前も知らないなんて、失礼だよね。

「まぁそうなの。まぁ、そう、アルフォード、あなた……ふふ、そう」

なぜか嬉しそうな声色に、頭を上げてアルフさんのお母様を見ると、ニコニコと微笑みながら、息子の背中をポンポンと叩いていた。

「その服装は巫女かしら？」

「いいえ、元下級巫女です。今は力を失って……」

と、そこまで言うと、アルフさんのお母様があきれたような目で息子を見た。

「アルフォード、あなた、順番というものが――」

順番？

「ち、違います、誤解ですよ、母上……！　私は、その、ハナさんを妊娠させてはいませんっ」

え？　あ！　巫女が力を失うって……。かーっと顔が熱くなる。私とアルフさんの仲が、ますます誤解されてしまったっ！

「そうです、あの、私、大怪我をして生死をさまよったせいで力を失ってしまったので……アルフさんとはそういう関係ではありませんし、私なんかがアルフさんと噂になるのも申し訳ないです、その……行き遅れの巫女と言われていたくらいで……」

恥ずかしいやら、申し訳ないやら、ああもう、どうしたらいいのか……穴があったら入りたい。焦って自分でも何を言っているのやら。

すると、アルフさんのお母様が両手を広げて私を抱きしめた。

「え？」

「辛かったわね……」

何が？　行き遅れと呼ばれていたことが？　それは別に平気だったんだけれど。

「突然力を失って、辛かったでしょう？」

あ……

「この子がお腹に宿った時……それはそれは嬉しかったの。だけれど同時に、巫女の力を失ったことがひどくショックだったわ……」

「巫女の力を……？」

「母は、上級巫女だったのですよ。さぁ、二人ともこんなところで立ち話もなんですから……ハナさん、長旅で疲れているでしょう。まだ体調も万全じゃないのですよ」

アルフさんのお母様は元巫女……だったんだ……

「ええ、そうね。そうよね。まずはゆっくり休んで頂戴。アルフォードはお父様に顔を見せてきなさい。さぁ、ハナさんこちらへ。あ、私のことはミナーシェと呼んでね」

こ、公爵夫人を名前でなんて呼べませんよ……

緊張しながら連れていかれたのは立派な客室。

「あの、使用人の部屋で大丈夫ですから……駐屯地に勤務していたので、寝る場所さえあれば、あの……」

という私の言葉を、公爵夫人――ミナーシェ様は完全に無視して、侍女たちにいくつか指示をして振り返った。

「主人にも挨拶《あいさつ》をしてもらっていいかしら？　お茶の時間になったら呼ぶわね」

え？　主人って、公爵様ですよね……？　王族に次いで偉い人ですよね？

私が、挨拶《あいさつ》？　え、えええーーっ。

「ハナ様、わたくしどもがお世話させていただきます」

驚いている間に、二十歳前後の侍女三人に取り囲まれる。

「あの、様とかで呼ばれる立場では……」

「いいえ、大切なお客人ですので」

侍女三人の後ろに立つ、五十前後の年嵩《としかさ》の侍女がにこりと微笑む。これ以上何も言うなという圧を感じる目で。

「奥様が元巫女だから、巫女がいいというわけではありませんよ。誤解なさらぬよう」

はい？　誤解って何？

「お坊ちゃまは、旦那様に似ておいでだったということでしょう」

はい？　ますます分かりません。

「奥様は、上級巫女でありながら、貴賤《きせん》を問わず人々を癒《いや》す方でしたから」

ミナーシェ様は貴賤《きせん》を問わず癒《いや》しを行った上級巫女？

上級巫女と言えば、巫女の館にこもり、なぜ私たちが庶民を癒《いや》さなければならないのと言っていた二人を思い出す。もしあれが普通なのだとしたら、ミナーシェ様はとても素敵な上級巫女だったんだ。尊敬する。

アルフさんを身ごもって、嬉しかったけれど、巫女の力を失ってショックだったという言葉も思い出す。ミナーシェ様がアルフさんを見る目はとても優しかった。ショックだったけれど、何の後悔もしていないのだろう。今が幸せなことは間違いない。

「さぁ、まずはゆっくり湯に浸《つ》かってくださいませ。長旅の疲れが取れますよ。本当ならば巫女をお呼びして癒《いや》してもらえばよいのですが……治療目的以外で巫女の力を使うのは厳しく制限されましたから」

「ああ、巫女の命を削るという……」

伝わって、早速制限されたんだ。よかった……

「そうですよ。王弟派にはずいぶん制限に反対している者もいましたが……」

「庶民なんて初めからちょっと疲れた、ちょっと痛いとかで癒《いや》してもらうことなんてなかったから、何を今更だけどね」

「本当、王弟派筆頭のワシル侯爵なんて、虫に刺されただけですぐに癒《いや》してもらうとか。巫女をなんだと思っているのかしら」

侍女たちがちょっとイライラとした様子で王弟派の話を始める。

王弟派のワシル侯爵？　もしかして、ミーサウ王国と戦争をしようとしている人だろうか。

巫女を……子を成さなかった行き遅れた巫女を戦争の道具にしようとした……

そんなことを考えていたら、いつの間にか侍女たちに服を脱がされ、お湯に沈められ、体を洗われそうになっていた。

「あの、自分で、自分でできますから、その……」

本当に弱って動けない時は、体を少し拭いてもらったりもしたけれど……今はもう大丈夫。

「あら、ハナ様はアルフォード様の大切なお客様ですから、お世話させていただかないと」

侍女たちの目は本気だ。

「その、一人でゆっくり湯船に浸《つ》かりたいんです……」

「ああ、確かにそうですわね。一人でゆっくり浸《つ》かったほうが、疲れが取れますね」

「では、私たちはお召し物をご用意させていただきます」

ほっ。もしかして公爵家ともなると、客人というのは皆さん貴族の方なのかも。貴族は、風呂も着替えも人に手伝ってもらうと聞いたことがあるけれど……

「肌がとても白かったわね。髪は金で、あら、瞳の色は何色だったかしら？」

「こちらのドレスがいいんじゃないでしょうか？　少し小柄でしたけれど、このドレスならば丈の調整が簡単ですし」

「ハナ様の着ていたワンピースでサイズは分かりますわね。探してみましょう。急がないと。お化粧の準備は？」

「私が。髪はお願いしても？　ご主人様とのお茶の時間まで間がありません。ハナ様を完璧に仕上げないと」

風呂の外から、バタバタと動き回る足音と会話が聞こえてきた。

あ……。公爵様との面会……いや、お茶を飲むことになったんだ。そ、そうか、失礼がないように完璧に装《よそお》う必要があるのか。ど、どうしよう。顔色悪くてまたびっくりさせちゃうだろうか。マスクや眼鏡をしたほうが……でも、侍女さんたちは化粧をと話していたし、以前ユーナにしてもらったように少しほおに色を入れて口紅をさせばなんとかなるのかな？

風呂から出るといい香りのする何かを振りまかれ、髪を乾かし、ドレスをいくつか試着しつつ、ネックレスなどの色合わせをされた。

「そ、そこまでしないと駄目なんでしょうか……」

ちょっと震える声で侍女に聞いてみた。ネックレスなんて、高そうな宝石に見える。

「ふふふ、大丈夫です。お任せください」

何が大丈夫なんだろう。もしかして、みっともない姿にならないようにすごく気を使ってくれてる？

うん、冷静に考えると、公爵様とお会いできるような立場ではないですよね。せめて、見てくれだけでも着飾らせようという侍女さんたちの気遣いなんですよね……。大丈夫かなぁ、私。

コンコンコンとノックの音とともに、ドアの外からアルフさんの声が聞こえてきた。

「ハナさん、準備はよろしいでしょうか」

すると侍女の一人がドアを開き、別の侍女が私の背を軽く押した。

「ちょうど今、準備が整いましたわ」

最後に、別の侍女が私の頭に、黄色い花の飾りを挿《さ》した。

ドアの外に立つアルフさんは、私の姿を見たとたんに動きを止める。なんだろう、この反応は……。もしかして、公爵様に会うのには何か失礼がある装《よそお》いになってる？　鏡を見せてもらえていないので、自分がどうなっているのかが分からない。ドレスの色が薄い桃色だというのは分かるけど……若い娘の着る色だよね。似合うとは思えない。もしかしたら、私が少し小柄だから、子供用のドレスしか用意できなかったのかもしれない。ごめんなさい、似合わない私のせいで、ドレスを選んだ侍女さんたちの責任じゃないんです。

アルフさんの視線が私をとらえたまま少しも揺らがない。なんと言えばいいのか思案しているようだ。騎士として女性を褒めたたえないといけないけど、褒めようがなくて困っている？

「アルフォード様、いかがでしょうか」

ドアを開けた侍女がアルフさんに話しかけた。

「あ、ああ……」

ふっと、呪縛が解けたようにアルフさんが微笑んだ。

「我が……聖女……」

アルフさんが私に右手を差し出した。えっと、これ、エスコートされるってやつですよね。今度は間違えずに素直に手をのせる。うわー、恥ずかしい。

侍女さんたちがアルフさんの顔を見てほやけている。ほやほやして、幸せそうな顔。はい、分かります。アルフさんの笑顔は眼福そのものです。

「頑張ったかいがありました……」

ぼそりと侍女の声が聞こえる。ん？　なんと言ったんだろう。それよりも……

「あの、私のことはハナと……」

いくらなんでも人前で聖女とか言われては……

アルフさんがふっと小さく笑った。

「初めてあなたにお会いした時と同じ色ですね」

と、アルフさんが私の髪の黄色の花の髪飾りに触れた。

ああ、そうだ。確かあの時、ユーナにもらった黄色いワンピースを着ていたんだ。血の汚れが落ちなくなってしまったけれど……あ。

「そういえばアルフさん、あ、いえ、アルフォード様にマントをお返ししないとっ！」

「アルフと……アルフと呼んでください」

え？　でも、さすがにその、公爵家のご子息であり、将軍様だと知った後に、アルフさんだなんて……

どうしようかと戸惑っていると、開いたままのドアの外からミナーシェ様が姿を現した。

「アルフォード、ハナさんのエスコートは――あら、まあ、まぁ、そう、お邪魔しちゃったかしら？　でもアルフォード、見とれるのは後にしなさい。ハナさん、素敵よ。さぁ、行きましょう」

ミナーシェ様の言葉にアルフさんがはっとして私の手を取り、歩を進める。

見とれる？　素敵？　ミナーシェ様の励ましかな？

執務の間のお茶の時間ということで、この屋敷にしては小ぢんまりとした部屋でのお茶になった。長いテーブルの端と端なんて距離ではなく、丸いテーブルの向かいに公爵様、隣にミナーシェ様。逆隣にアルフさんという近さだ。

公爵様は、とても貫禄《かんろく》があった。シルバーグレーの髪をしているけれども、精悍《せいかん》な顔つきで年寄りくささはない。五十歳くらいだろうか。

公爵様の視線が私を鋭くとらえる。う、こ、怖い。何を言われるのか。

「ほう、ほう、ほう、なるほど、なるほどな。ふむ、アルフ、まさか顔で選んではおらぬな？」

ん？

「父上、ハナさんの話はしたはずですよ。命の恩人であり、危険を顧《かえり》みずルーシェ様をお守りするために――」

「ああ、そうだな。だが、こんなにかわいらしいお嬢さんだとは聞いておらんかったからな。おっと、自己紹介がまだであったな。アルフの父、シャークだ。息子の命を救ってもらい感謝する。ワシのことは、お義父《とう》さんと呼んでくれ」

は？　お義父《とう》さん？

「あなた、ハナさんがびっくりしているじゃないですか。まったく。ごめんなさいね。ああ見えて冗談が好きなのよ」

冗談か。びっくりした。ああ見えてというのは、威厳があって、怖そうな見た目っていうことでしょうね。

「さぁ、お茶をどうぞ。甘いものは好きかしら？　クッキーもどうぞ」

テーブルに目を移すと、見たこともないかわいい見た目のクッキーがお皿にのっている。

「ありがとうございます」

早速一ついただく。ああ、本当に甘い。砂糖がふんだんに使われているのだろう。

「アルフォードが言っていたのだけれど、ミーサウ王国の砂糖はちょっと味が違うんですってね？」

「はい、そうなんです。色が黒くて、それからキノ王国で流通している砂糖よりも栄養価が高いそうなんです。病気で何も食べられない時も、その黒砂糖という砂糖の塊《かたまり》をなめて栄養を取ることもあるそうで」

あ、しまった。ついいつもの癖で、お菓子の話をしているのに栄養の説明をするとか。お茶会で病気の話題を出すなんて、失礼なことをしてしまった……

「まぁ、そうなの？　甘くて栄養が取れるならば、病後の小さな子供に与えやすそうね」

慌てる私に、ミナーシェ様が小さく頷いた。

ああ、そういえば上級巫女だったと言っていた。しかも、貴賤《きせん》を問わず癒《いや》しを行っていたと。こんな私の話に耳を傾けてくれるなんて、きっととても立派な巫女様だったんですよね。

「はい。私が怪我をした時……巫女の癒《いや》しがなかったため、何日も意識が戻らなかったのですが、その時も黒砂糖を溶かした水を与えてもらっていました」

それだけ熱心に人を癒《いや》していたのならば、巫女の知恵にも興味があるのかな？　……と、少しだけ話を続けることにした。

「まぁ！　意識が何日も？」

ミナーシェ様が信じられないと口元を手で覆って、小さく首を横に振った。

「はい。ですが、生きています。……巫女の力を借りなくても、こうして……」

「そうね、ええ、そうだわ。ええ、ええ……よかったわね。本当に……」

ミナーシェ様が、私の手に手を重ねた。小さく震えている。

「ありがとうございます。あの……、私自身も驚くことばかりだったのですが、巫女のいない世界というのは、絶望するような世界ではありませんでした」

安心させるように笑ってみせた。

巫女の知識が伝わっていないミーサウ王国の街では、失われなくてもよい命が失われていた。それは絶望するような世界かもしれない。だけれど、山の民の……隠れ里はそうではなかった。確かに何人もはやり病《やまい》で亡くなってしまったようだけれど、それでも、街に比べればはるかに生き残っていたと思う。クルルちゃんもばば様も元気だった。街ではお年寄りや子供など体力のない人ははやり病《やまい》でまず最初に命を落としていたのに……。

巫女の知識が人を救う。癒《いや》しの力がすべてじゃない。

「はっ、あの、す、すみません、私、つい……」

気が付けばお茶がすっかり冷めていた。いつの間にか、一人でいろいろ語ってしまったようだ。

「いいえ、とても興味深い話ばかりですわ。ねぇ、あなた」

ミナーシェ様が楽しそうな表情で、公爵様の顔を見た。

「ああそうだな。……うむ、すまないが、少し姿勢を崩させてもらってもいいかね」

「あら、まぁ、あなた……また古傷が痛み出したのね……」

痛い？

私にはとてもそんな風には見えないけれど、長年連れ添っているミナーシェ様には表情の違いが分かるのだろう。急いで侍女に足が楽に伸ばせるソファを準備させている。

ミナーシェ様は心配そうというよりは、苦しそうな表情をしていた。

「私に、癒《いや》しの力があれば……」

その言葉を聞いて、公爵様が怒った。

「二度と、言うなっ。ミナーシェ、頼む……ワシは若いころ……お前の命を何度も削らせてしまった……これ以上、ワシに後悔させないでくれ……」

「私も……ハナさんに命をもらった……」

アルフさんまでちょっと暗い声を出した。

「あ、あの、大丈夫だと思います。その、無理を重ねて何年も癒《いや》しを行うのでなければ。えーっと、ばば様も、長生きですし。アルフさんも会いましたよね？　ばば様は八十歳を超えているそうですよ」

七十歳まで生きれば長生きだと言われるのだから、八十歳はそうとう長生きだ。

「八十？　あれだけ元気な八十歳は初めて見ました」

アルフさんが驚いた声を出す。

「あ、もしかしたら、巫女のお茶のおかげで長生きなのかも」

そうだ！　巫女のお茶を持ってきたんだ。ミナーシェ様が飲めば、力が使えるかも。

「巫女のお茶？」

ミナーシェ様が巫女という言葉に反応する。

「あの、少し元気になれるお茶なんです。ミーサウ王国から持ってきたのですが、飲まれますか？」

誰にでも同じように効果があるかは分からない。私は飲んでも癒《いや》しのかけらも使えなかった。ミナーシェ様はどうだろう。

巫女のお茶を侍女に入れてもらう。

「ばば様は、こうして飲んでいました」

と、毒見と飲み方の見本を兼ねて一番初めに巫女のお茶を口にする。

体の隅々にいきわたらせるように意識しながら、ゆっくりカップを傾ける。

「む？　少し酸《す》っぱいな……酸味の強い果物を口にしたみたいだ」

公爵様に次いでミナーシェ様が巫女のお茶を口にした。

「あら、これはこれで口の中がすっきりして……それに、飲むとなんとなく元気になった気がします。もしかして、人を元気な気持ちにすることができるところが巫女みたいだから、巫女のお茶って言うのかしら？」

効果があるかは分からない。分からないけれど……

「ミナーシェ様。公爵様の痛みが和《やわ》らぐようにと、癒《いや》しを」

私の急な提案に、ミナーシェ様が驚いた顔を見せる。

「え？　私には癒《いや》しの力は……」

「そうだ、何を言う。もし力があったとしても、ワシは古傷の痛み程度で、誰かの命を削って癒《いや》してもらおうなどと思わぬ」

しまった。説明不足で、公爵様を怒らせてしまった。

だけど、本当に素敵な人だ。人の命を……巫女を道具として扱うつもりは全くないみたい。禁止されなくても、公爵様なら無駄に巫女に力を使わせるようなことはしないだろう。

説明しなければと口を開きかけると、ミナーシェ様が公爵様をたしなめるように静かに微笑んだ。

「あなた、私にはもう力はありませんよ。でも、真似事だけでも、させてください……【癒《いや》し】を……」

ミナーシェ様が、痛んでいるであろう足に手を当てた。

「な……どういうことだ、ミナーシェ……」

「え？　どういうこととは？」

「楽に……痛みが和《やわ》らいだ。完全に消えたわけではないが、だが……」

「本当に？　本当ですか？　あなた、私……でも……」

ミナーシェ様が自分の手を見ている。公爵様はそんなミナーシェ様を複雑な目で見ていた。

「巫女のお茶と呼ばれるのは……このためだと思います。ばば様が言うには、巫女は元気じゃないと力が使えないと。この巫女のお茶を飲むと、普段よりも元気になれる――その普段よりもちょっと元気になった分が癒《いや》しの力として使われるそうなんです。生命力を削るわけじゃない。『巫女のお茶の力』を使うだけなのです」

説明が終わると、ぽろぽろとミナーシェ様が涙を落とした。

「お茶の力を借りて……借りれば……小さな、小さな力でも癒《いや》しが使えるのね……。痛くて眠れず、お酒で痛みをごまかしているこの人を……少しでも楽にしてあげることが……」

ミナーシェ様の言葉に、公爵様がばつの悪そうな顔をする。

「酒の力を借りていたのを、知っていたのか。情けない姿をさらしてしまったな」

泣きじゃくるミナーシェ様の背中を、公爵様が優しく撫でている。

「ハナ……巫女のお茶のことは本当なのか？　命を削らないというのは」

「はい。元気になるためのお茶です。残念ながら、私はまだ体に元気を戻しているところなので、癒《いや》しの力は使えません。普段から元気で、健康な元巫女が飲まないと使えないみたいです。村の民のために、小さな癒《いや》しを幾度《いくど》となく使ってきたであろう元巫女のばば様は、さっき言ったように健康のまま長生きしています」

そう言うと、公爵様がすっくと立ち上がった。

古傷が痛むため椅子を替えてもらった人間とはとても思えない。

「ミナーシェ、元巫女たちを集めてお茶会を開くぞ。貴族の奥方や侍女たちにそれなりの人数いたであろう。アルフ、護衛には、古傷が痛んで前線に出られない兵たちを集めよ。さぁ、忙しくなる」

　お茶会？

　え？

「分かりましたわ。そうですわね、王弟派の皆様もできるだけお招きいたしましょう。陛下は？」

「うむ、お茶会というには招待客が多すぎるかもしれぬな。……うーむ、何かこう、多くの人間を招いても不自然じゃない名目が欲しい。今、陛下と王弟殿下を同じように招くにはな……」

　へ？　陛下を招く？　王弟殿下を招く？

　なんかすごい話になってきた。まぁ、庶民の私には関係ありませんよね。えーっと、ミーサウ王国の報告って、お茶会の後になるのかしら？　さっさと終わるのかな？　準備で忙しくなるから、ちょっと後ってなると……どれくらい、この公爵家のお屋敷にお世話になることになるんだろう……

　正直、豪華すぎて落ち着かないです。客人扱いも、落ち着かないです。ああ、そうだ。街の神殿に行って、巫女の仕事の手伝いとかさせてもらおうかな。いや、まずは巫女の知識を紙にまとめてみようかな。本ももう一度読み返して……忘れていることや知らないこともあるだろうし。

そんなことを考えていると、公爵様がいいことを思いついたとばかりに手を打った。

「……ああ、アルフ、お前の婚約発表会というのはどうだ？」

突然の提案に、アルフさんが目を見開いた。

「父上、いやですよ。陛下と王弟殿下を参加させるための政略結婚なんて！」

「ううむ、王位継承順位第四位のお前の婚約披露パーティーともなれば、問題なく陛下や王弟殿下も呼び出せると思ったんだがなぁ。他の貴族にしても、今までこれっぽっちも女の噂がなかったお前の婚約者の顔が見たくて皆来るだろうし、いいアイデアだと思うんだが」

お、王位継承順位第四位？

え？　え？　アルフさん、めちゃくちゃすごい人なんだ。いや、そりゃ、遠く離れた駐屯地でも氷の将軍の噂で持ち切りになるはずだよね。

私ったら、そんなすごい人のことが好きなんだとか嘘ついてたんだ。

す、すみません……本当、申し訳なくて、自分が蒔《ま》いた種とはいえ、今更ながら……恥ずかしい。マリーゼとか本気で協力しようとしてくれてたけど……ご、ごめんなさい。

「あくまで婚約だし、折を見て事情があって解消したとすれば問題ないだろう？　国のためだ、な？」

「父上、私は婚約を解消されたとしても問題はありませんが、相手の女性のことを考えてください。公爵家との婚約を解消したとなれば、その先相手が見つかりませんよ？　誰か適当にあてがって差し上げるつもりですか？　お金に困っている貴族の娘でもお金で雇いますか？　いくら国のためとはいえ……誰かを犠牲にするのは感心しません」

アルフさんは誠実だなぁ。そうだよね。婚約解消って、女性にとってはかなり傷になるよね。それが貴族ともなれば噂の的になるし。私みたいに、もともと誰かと結婚する気なんてない女性であれば、逆に「これ以上誰かに結婚しろと言われなくて済む」ってすっきりしていいのかもしれないけど……

「あら、ハナさんに婚約者の役をやっていただけばいいんじゃないかしら？」

ミナーシェ様の言葉に、私を含めアルフさんも公爵様も全員が動きを止めた。

「それは、さすがに、我が聖女にこれ以上頼みごとをするなんて……いや、それよりも、ハナさんの気持ちが……」

アルフさんが困ったように眉を下げ、そして私の顔色をうかがうように見た。

慌てて首を大きく横に振る。

「わ、私には無理です。そんな、王家の方々まで招くような場所で婚約者のふりなんて……その、貴族としてのマナーだとか立ち振る舞いだとか何も知りませんし……」

しどろもどろに答えると、公爵様が笑った。

「ふりじゃなきゃ大丈夫なのか？」

「ふりで終わらないようにできるかしら？」

なんか夫婦でひそひそ話し始めた！

「大丈夫です。それは私がしっかりエスコートしますし……ああ、違うんです、ハナさんに無理をさせるつもりは……私の婚約者のふりなんて、無理は……」

アルフさんが肩を落として言う。

「ハナさん、マナーその他は大丈夫ですよ。私も、元は商家の生まれです。巫女が貴族に嫁ぐことはよくあることですから、誰もマナーに関して口うるさく言うことはありません。生まれながらの貴族のほうが少ないくらいかもしれませんよ」

ミナーシェ様が優しく微笑んだ。

ああ、そうか。そういえば、上級巫女は貴族に嫁ぐことが多いんだった。聖女が生まれるかもしれないと、貴族も積極的に巫女を嫁に迎えるって。

「あの……それなら……私なら、えっと、婚約破棄された後、それが傷となってお嫁にいけないとかそういうことも気にしませんし……」

もともと巫女として神殿で働き続けるつもりだったんだもの。巫女として働くことはできなくなってしまったけれど、巫女の知識を集めて広めようと思ったら一か所にとどまっていられないから、結局結婚はしないと思うし。

「ハナさんが私の婚約者に……」

アルフさんが茫然として私を見ている。

ああ、私ったらなんてことを。アルフさんが困っている。

「あ、真似事とはいえ、その、行き遅れと揶揄《やゆ》されるような女が婚約者じゃ、アルフさんに恥をかかせてしまうかもしれませんが……」

アルフさんがぶんぶんぶんと、大きく首を左右に振った。

「ああ、私のほうが、いろいろとその……ハナさんに恥をかかせないように精進しますから」

そう言った後、アルフさんは私の座る椅子の正面で片膝をついた。

「婚約してください」

そして、まるで本当に求婚するかのように、右手を差し伸べる。

えっと、真似事だよね。私、婚約者のふりをするだけだよね。って、分かっているんだけど、なんか本当にプロポーズされているみたいで胸がどきどきしてしまう。

「ほら、アルフォード。ハナさんを困らせないの。さぁ、そうと決まれば……忙しくなるわよ！　王位継承権を持つ公爵家の子息であり、将軍職にあるアルフォードの婚約披露パーティーですもの！　国内すべての貴族に招待状を送りなさい。そう、ドレスを作らないとね。職人を呼んで、それから大広間の準備をしましょう。ただそこだけではとても人が入らないので、残念だけど下級貴族には庭にいてもらうことになるかしら。庭の手入れをしっかりとね。それから――」

ミナーシェ様が次々に思いつくことを周囲に指示していく。

う……わわ……。

国内すべての貴族に招待状？　な、なんか私、とんでもないことを引き受けてしまったのでは……

# 第四章　行き遅れ元巫女、婚約披露パーティーに出る

パーティーの準備は着々と進められていった。

採寸からドレスの制作、一通りの行儀作法のレッスン……と、気が付けばパーティーまでの二週間は矢のように過ぎていた。

招待された人たちも大変だったみたいだ。遠方の貴族に至っては、招待状を受け取ると、そのまま取るものもとりあえず領地を出発することになった者もいるそうで。

『こんなに急ぐということは、よほど氷の将軍は惚れ込んでいるに違いない』

『今まで浮いた話一つなかったアルフォード様が心に決めた人なのだ。どれほど素敵な人なのだろう』

『急ぐ理由は、別にあるんじゃないのか？　すでに、お世継ぎとか』

『お相手の気持ちが揺れているのかもしれませんよ？　公爵家に嫁ぐとなれば尻込みもするでしょう』

「――とまぁ、社交界ではもうハナ様とアルフォード様の婚約披露パーティーの話題で

もちきりだったそうですよ」

侍女さんがコルセットを締めながらいろいろと教えてくれる。

うう、胃が痛い。

それは、ぎゅっとコルセットを引き締められたせいではなくて……

「ドレスを依頼した職人に、どんな女性なのかと探りを入れた方もいたそうですよ。もちろん、しっかり口留めしてありますから、ハナ様のことを知ることはできませんが」

ううう、さらに胃が。

コルセットを締め終わると、ドレスに袖を通す。

「アルフォード様が婚約するということで、何人もの女性がショックで寝込んだと噂がありましたわ。私がアルフォード様と結婚するはずだったのにと言って回っている方もいたとか」

あああ。よくよく考えると、自分で婚約者の役を買って出たんだけど、私がアルフさんと並んで大丈夫だろうか?

「なんであんな子が！」とか思われないでしょうか。

「本当に婚約者なのか?」と、すぐに偽者だとばれてしまわないでしょうか。

「素敵ですわ。アルフォード様がお選びになった黄色の生地。とてもハナ様にお似合いです」

あの時血で汚してしまった服の代わりにと、アルフさんが選んだ黄色のドレスだ。

「ありがとうございます」

褒めてもらったので、ぎこちなく笑ってお礼を言う。婚約者のふりをするために慣れる必要があるということで、ここ二週間、様付けで呼ばれているけれど……やっぱり慣れない。

ドレスを着た後に、髪を整えられる。七割を編み上げてアップに。三割を垂らした髪形だ。化粧もしっかりと施《ほどこ》されている。いつもより大きく見える目。血色がよく見えるほお。ぷっくり膨らんで健康そうに見える唇。

鏡に映った自分の姿は、いつもの自分ではなく、どこかのお嬢様のように見える——ような、気がする。

ノックが響き、アルフさんの声がかかった。

ドアが開き、姿を現したアルフさんは完璧な装《よそお》いだ。

抜けるような青空を連想させる色の上着に、濃い茶色のズボン。首元には瞳の色と同じ深い青の宝石のついたピン。

「素敵です……」

思わずため息混じりにつぶやく。本当に素敵だ。まるで物語の中の王子様のよう。

素敵なんてありふれた言葉しか出てこなかったのに、アルフさんは本当に嬉しそうに笑った。

「我が聖女にそう言っていただけて、私は世界一幸せな男です」

ううう、もう！　アルフさんはどうしてこう、口がうまいのだろう。

「あらあら、素敵！　青空と、その下で大きく咲いた花のようね！　本当に素晴らしいわ！」

ミナーシェ様もやってきて褒めてくれる。

「招待客はほぼ到着しています。じきに陛下と王弟殿下もいらっしゃるでしょう。そろい次第、二人に登場していただきます。例の準備も完璧ですよ」

ああ、ついに始まっちゃうのね。

ミナーシェ様の言葉に緊張して体が硬くなる。

「大丈夫よ、こんなに素敵なのだもの。誰も疑いはしないわ」

緊張した私の気持ちをほぐそうとミナーシェ様が私のほおに触れる。

確かに見た目だけなら、侍女さんたちが頑張って整えてくれた。けれど、庶民生まれの庶民育ちの私が陛下の前に出るなんて……

「そ、そうだといいのですが……」

「もちろんよ。それにアルフォードが付いてるわ」

「ええ、何があっても、私が守りますよ」

アルフさんが、誰をも魅了するような笑みを浮かべた。

「ふふ、まぁ、ハナさんにはずいぶん情けない姿を見せているかもしれないけれど、公《おおやけ》の場では頼りになるわよ、うちの息子。外面《そとづら》はいいんだから」

くすくすとアルフさんをからかうような言葉を残して、ミナーシェ様が部屋を出ていく。

「こほん、控えの間に移動しましょうか」

空気を変えるように、アルフさんが咳払いを一つして手を差し出した。その手を取り、アルフさんのエスコートで控えの間に移動する。

控えの間に入りしばらくすると、ドアがノックされた。出番？　うう。緊張する。

「アルフォード様、ご友人がお祝いのご挨拶《あいさつ》をしたいと」

「ああ、通してくれ」

アルフさんの友人？

すると、すぐに勢いよくドアが開いた。

「おい、アルフォード！　お前、いつの間に婚約なんて、聞いてないぞ！　ったく、先を越されるとは思わなかった！」

あ。この声は……

緊張したまま、アルフさんの横に立つ。

「アルフォードの心をつかんだのはどんな——」

駐屯地にいる時とは違って正装している。髪も珍しくきちんと撫でつけているし、どこにも泥も草の葉っぱもつけていない。

「ガルン隊長……」

ああ、この声、やっぱりそうだった。アルフさんの友人って、ガルン隊長だったんだ。嬉しい。久しぶりにガルン隊長に会えて……

ミーサウ王国に旅立つ時は、もう二度と会えないかもと思っていたから……

「ああ、ハナさんはガルンのもとで下級巫女として働いていたんだったな。なら、紹介するまでもないか？」

アルフさんの言葉が聞こえているのかいないのか、ガルン隊長はうわ言のように言葉を発する。

「ハナ……お前……そうか、ハナ、お前が……アルフォードの……はは。よかったな……」

よかった？　何が？

ガルン隊長とこうして生きて会えたのは本当にいいことだよ。あ、もしかしてガルン隊長ももう私とは会えないと思っていたから、よかったって言ってくれているのかな？

「幸せそうな顔を……してるな」

ガルン隊長が私の頭に手を伸ばす。ああ、あの大きくて温かい手で、いつものように撫でてもらえるんだ。

と、思ったら、私の頭を撫でる前に、すっと手を引いてしまった。

「す、すまん……」

引いた手をぐっと握り締めてから、ガルン隊長はその手をアルフさんに差し出した。

「アルフォード、おめでとう。幸せにならなきゃ、許さない。ハナを幸せにしてやらなきゃ、許さないからな！」

「ああ、もちろん幸せにするさ」

ガルン隊長が、アルフさんと強く握手を交わす。

「ガルン隊長……」

ただの婚約のふりなんだけど。それでも、なんか……やっぱり、ガルン隊長は、まるで私の兄のようにアルフさんと接するんだね。

嬉しい。家族のいない私だけど……。ガルン隊長がいてくれてよかった。

「なんだ、ハナ？」

「来てくれて、ありがとうございます」

笑顔で気持ちを伝えると、ガルン隊長がはっとした顔を見せる。

「アルフォードの顔を見に来たつもりだったが、ハナの幸せそうな顔が見られてよかった。マーティーもずいぶん心配していた。ハナは大丈夫だと伝えておくよ」

「……隊長？」

よかったって言っているのに、なんだか寂しそうな顔をしているのはどうして？　マーティーに心配かけちゃったのは確かだ。婚約者のふりが終わったら、マーティーにも会いたいな。会ってお礼を言いたい。

「じゃあ……な」

ガルン隊長が背を向けて部屋を出ていく。

ざわり。

置いていかないで！　なぜか胸の奥がぎゅっと締め付けられるような気持ちになった。

不思議に思っていると、入れ替わるようにして部屋に入ってきた執事に声をかけられる。

「皆様おそろいです」

「我が聖女、お手を」

アルフさんの右手に左手をそえる。

控室から、大広間につながる場所へと移動。真っ赤なビロードのカーテンの向こう側から、人々のざわめきが聞こえる。

この向こうに、多くの貴族や陛下までもがいるのかと思うと、全身が小刻みに震えだす。

「大丈夫ですよ。我が聖女。すべて私にお任せください。あなたは私の隣で微笑んでくだされば十分です」

うん、そうだ。私の役割はもう半分は終わったようなもの。

陛下と王弟殿下と、敵対するそれぞれの派閥の有力貴族を一度に集めるために、この婚約披露パーティーが開かれた。計画通りに人を集めることができたのだから、成功だろう。後は、皆に婚約者として顔を見せて噂の的になれば、それですべての仕事はおしまい。

カーテンが開く。

わっと人の熱気、強い視線が、一瞬にして身に刺さった。

怖くて思わず目をつむってしまう。体を硬くしたのが伝わったのか、アルフさんがそっと顔を寄せて「大丈夫」とささやいてくれた。

そのとたん、しーんと静まっていた会場にわぁーっと声があがる。

驚いて、固くつむっていた目を開くと、キラキラと輝く女性たちの目、うらやましそうに見る男性たちの目、いろいろな目がこちらを向いていた。

「想像以上に素敵な方」

「アルフォード様がお選びになった方は巫女だそうですわ」

「まぁ、巫女！　お母様も巫女でいらっしゃったので、巫女には特別な思いがおありだったのかもしれませんわね」

「しばらく王都を離れていらっしゃったのは、全国の巫女からお嫁さんを探す旅に出ていたのではないかとの噂ですわ」

……なんだか皆さんの想像力がすごくて閉口する。

だけど、ルーシェを陰から護衛していたのは特殊任務だと言っていたから、この誤解は決して悪いものではないのだろう。

私も……侍女さんたちが頑張ってくれたおかげで、なんとか見た目を取り繕《つくろ》えているようだ。

ふぅっと小さく息を吐きだし呼吸を整える。アルフさんに恥をかかせないようにしないと。

しっかりと顔を上げると、会場にガルン隊長の姿を見つけた。

あ、隊長だ。顔を見るだけで安心する。

「この娘が、アルフォードの選んだ娘か。なるほど。アルフォードも娘も、実に幸せそうだ」

突然声をかけられて、少しほぐれた緊張がまた戻ってきた。

人々とは別の、少し高くなった場所に設置された豪奢《ごうしゃ》な椅子に、ひときわ威厳を感じる二人が座っている。

アルフさんのエスコートで二人の前に進み、腰を落とす。

陛下と、お后様《きさきさま》だ。お二人とも五十歳を越えているだろうか。

少しふくよかではあるもののだらしなさを感じさせないのは、陛下の姿勢がよいからか。お后様《きさきさま》は白い肌に、ミルクハニー色の髪の毛をふわりと垂らし、とても優しく優雅な印象の美人だ。

ぶるぶると緊張で震えながら、習った通りに礼をとる。

「彼女の名はハナと申します。このたび、私の求婚を受け入れてくれ、こうして婚約を発表することとなりました」

アルフさんの言葉に合わせ、私も深く頭を垂れる。

「ふむ、苦しゅうない。面《おもて》を上げなさい。もっと、その顔を見せておくれ」

浅黄色《あさぎいろ》の立派な服を着た陛下の声がかかり、頭を上げる。

「まぁ、まぁ、とてもかわいらしい子ね。アルフォードは誰とも結婚しようとしなかったから、もしかして女性に興味がないのかしらと心配していたのよ。ふふ、心配して損をしたわ。理想が高かっただけなのね。ミナーシェに負けない立派な巫女だと聞いたわ」

お后様《きさきさま》が楽しそうにコロコロ笑いながら私の顔を見た。

「お、恐れ入ります」

何を言えばいいのか分からなかったものの、褒められたということだけは理解できたので返事をする。

すると、陛下の横に立っていた男が口を開いた。

「ふん、下級巫女だと聞いたぞ？　ミナーシェは上級巫女であった。比べるのも失礼だと思うがね？」

「ハルトゥ」

「はいはい、失礼しました。兄上。さぁ、もう私は執務に戻ってよろしいですか？　アルフォードの婚約披露パーティーには出席したんだから問題ないでしょう？」

陛下を兄上と呼ぶこの人が、王弟殿下か。ひょろりとした姿勢の悪い男で、つかみどころのない蛇のような雰囲気をしている。陛下とは全然似ていない。

「ハルトゥ殿下、せっかくいらしていただいたのです。私の愛《いと》しい人が、ミーサウ王国より持ち帰った珍しいお茶でもいかがですか？」

アルフさんの言葉に、王弟殿下は顔をしかめた。

「お茶に毒でも入れるつもりじゃないだろうな？」

「何をおっしゃいます、ご冗談を。さすがにこんな公《おおやけ》の場でそんなことをすれば、私とて罪を逃れることはできません」

アルフさんが笑って受け流した。

「どうだかな。ミーサウ王国から持ち帰ったというのがまた怪しい。その女、実はミーサウの息のかかったスパイなんじゃないのか？　アルフォード、お前は騙《だま》されているのでは？」

すると王弟殿下の言葉を遮《さえぎ》るように、ミナーシェ様の声が聞こえた。

「そこまでおっしゃるのなら、お毒見役はわたくしがいたします。どうぞ、好きなカップをお取りになって。わたくしは最後のカップを手にいたしますわ」

壇上の陛下たちからよく見える位置に丸テーブルが置かれ、ミナーシェ様の他十名ほどの女性が集まる。

　年齢はバラバラ。ドレスの趣味もバラバラ。どういったつながりなのでしょう。

「ミナーシェ先輩が飲まれるんですもの、私は毒なんて思いませんわ」

「そうです。先輩が認めた方が悪い人なわけがありません」

　ん？　先輩。

「あらあら、わたくしは、もうあなた方の先輩巫女ではありませんわよ？」

「ですが、あれから二十年以上経った今でも、ミナーシェ様は目標とする立派な先輩巫女です」

「ふふ、ありがとう。では、ハナ――アルフォードの婚約者のハナ巫女は、皆様にとって後輩巫女のようなもの。仲良くしていただけると嬉しいですわ」

　楽しそうな会話が聞こえてくる。

　巫女？　お茶の用意されたテーブルの周りにいる女性たちは、元巫女なんだ。それだけで、親近感を感じる。

「さぁ、皆様、このお茶には飲み方に少し作法が必要ですの。こう、体全体に染み渡らせるように味わってください。少し酸《す》っぱいですが、苦手な方ははちみつをたっぷり入れるとおいしくなりますわ。さぁ、どうぞ」

公爵夫人自らが口にすることで、お茶に毒が入っていないことをアピールできる。

ミナーシェ様が喉を鳴らし、ゆっくりとお茶を飲む。それを見た元巫女たちが、次々と真似をしてカップを手に取りお茶を飲んだ。

「ハルトゥ見たか。失礼を詫びなさい。いくら王弟とはいえ、言葉がすぎるぞ」

陛下にとがめられた王弟殿下が、冷たい目で私を睨《にら》んだ。蛇に睨《にら》まれたような気持ち悪さが残る。

「はっ、毒を疑ったことは詫びよう。だが、スパイではないという証拠にはならない」

「ハルトゥ！　いい加減にしないか！　祝いの席でお前は……」

陛下が立ち上がる。そのとたん、ぐらりと体勢を崩して倒れそうになった。それをアルフさんが支える。

「陛下は、巫女の力をちょっとしたことで使うべきではないとお決めになり、禁止されてからはご自身も聖女の癒《いや》しを受けていません。ですから、こうして時々膝の痛みでふらつくことがあるのです」

すかさずお后様《きさきさま》が声を発する。

「王自ら、禁を犯すわけにはいかぬからな。聖女も巫女も我が国の宝じゃ。軽んじてはならぬ。無駄に力を使わせて命を削らせてはならぬ。今回のはやり病《やまい》のような有事にこそ、巫女は必要であり、その巫女を失うことのないよう各々大事にするように」

陛下の言葉に、何人かの貴族がばつの悪そうな顔をして下を向いた。もしかすると、今でもちょっとしたことで巫女の力に頼っているのかもしれない。

「陛下、御前失礼いたします」

ミナーシェ様が一礼して、壇上に上がり陛下の前に立つ。

何をするつもりだと、皆の注目が集まる中、ミナーシェ様はゆっくりと陛下の痛む膝の前に手をかざし、透き通る声で「【癒《いや》し】を」と口にした。

「うふふふ、懐かしいわねぇ。そうしてミナーシェは皆を癒《いや》していたわ」

お后様《きさきさま》がコロコロと笑う。

しかし、陛下は笑うどころではなく、驚愕していた。

「ど……どういうことだ、痛みが……和《やわ》らいだ……」

ざわりと、陛下の言葉が届いた範囲にいる人たちが驚く。

「ミナーシェ様の巫女の力が復活した?」

「どういうことでしょう……」

ミナーシェ様が会場に目を向ける。

「ワシル侯爵は腰痛に悩まされているとうかがいましたわ。それから、第二護衛騎士団長は左腕の古傷が痛むのだとか。レイラ子爵夫人は肩が痛いとお聞きしています。お三方、どうぞ、前へいらしてください」

名前を呼ばれた人たちが、壇の下に来た。

「さぁ、皆様、昔のように癒《いや》して差し上げて」

ミナーシェ様の言葉に、テーブルを囲んでいた元巫女たちが顔を見合わせる。

そして、その一人がワシル侯爵の腰に手をかざして「【癒《いや》し】を」と唱えた。

それをきっかけに、他の元巫女たちもそれぞれ癒《いや》しを施《ほどこ》す。

「あら、肩が軽くなりましたわ」

「古傷の痛みが消えた」

ワシル侯爵以外の人が驚きの声をあげる。ワシル侯爵に癒《いや》しを施《ほどこ》した元巫女は力を出すことができなかったのか。それともワシル侯爵が禁を犯してすでに癒《いや》してもらっていたのか。陛下よりも少し若く、顎鬚《あごひげ》を長く伸ばしたワシル侯爵が壇上へ上がってくる姿は、腰が痛いように見えなかった。アルフさんからワシル侯爵は王弟派だと聞いている。

何を考えているのかは分からない。

「え？　私の巫女の力も復活して……」

「ああ、私、また、誰かを癒《いや》すことが……」

癒《いや》しを施《ほどこ》した元巫女たちに喜びの色が浮かぶ。

「ミナーシェ、どういうことだ、説明を！」

陛下の問いに答えたのはアルフさんだ。

「恐れながら陛下、説明は私から。母や元巫女の方々が飲んだお茶こそ、ハナがミーサウ王国から持ち帰ったお茶にございます」

アルフさんが私の顔をちらりと見たので、小さく頷いておく。

「ミーサウ王国では巫女のお茶と呼ばれています」

「巫女のお茶？」

陛下が不思議そうな顔をしてつぶやく。

「はい。巫女は生命力を削って癒《いや》すとされていますが、このお茶は、小さな癒《いや》しを行うための元気を巫女に与えるものです。巫女の力を失った者も生命力を削ることなく、小さな癒《いや》しを行うことができます。怪我や病《やまい》は癒《いや》せませんが、痛みを楽にしたり疲れを軽減したり、怪我や病気に打ち勝つための力を補《おぎな》ったりする効果があるそうです」

アルフさんの説明に、陛下が私、そしてミナーシェ様の顔を順に見た。

「わたくしは元巫女で、巫女ではありません。ですから、禁じられている巫女の力を使ったわけではございません」

ミナーシェ様が頭を下げて言う。

「ああ、確かに、そうだな。いや、だが……」

陛下はまだ信じられないという顔をしている。

「会場には、多くの元巫女がいます。体のどこかに痛みを抱えた者もいます。お茶を飲んだからといって、すべての元巫女が力を使えるわけではありませんが……どれくらいの効果があるのか、この場で皆様に試していただければと」

侍女たちが、会場に巫女のお茶を運び込む。

女性たちがお茶を求めて手を伸ばし始めた。その女性たちは、元巫女なのだろうか。そうなのだとしたら、会場にいる女性の五人に一人くらいは元巫女ということになる。

ミナーシェ様と一緒にお茶を飲んで、まだ癒《いや》しをしていない人たちも、各々誰かを癒《いや》し始めた。

ざわめきが、興奮に変わるのに時間はかからなかった。

「素晴らしい！」

「これで役立たずなんて言われないで済むわ」

「ああ、楽になった。楽になったよ、ありがとう」

「ありがたい」

いろいろな言葉が聞こえてくる。

「ハルトゥ殿下、どうでしょう。我が愛《いと》しの婚約者は、母に劣らず素晴らしい巫女でしょう？　このような価値のあるお茶をミーサウから持ってきたのですから」

王弟殿下がうぐっとうめく。一瞬ひるんだように見えたけれど、すぐに口端を上げてにやりと笑う。

「そう、ですな。その価値あるお茶がミーサウ王国のものということは……やはりミーサウ王国を手中に収めるべきではありませんか？」

「な、何を――！」

陛下が口を開きかけたのを、王弟殿下は無視して会場に声をかける。

「この素晴らしい巫女のお茶はミーサウ王国のもの。ミーサウ王国を手に入れれば、このお茶も我々が手にすることができるだろう！　はやり病《やまい》でミーサウ王国が混乱している今が攻め時だと思わないか」

会場に詰め掛けていた人々が顔を見合わせる。

「お待ちください。そんなことをしなくても、ミーサウ王国から巫女の花を買い入れれば済むのではありませんか？」

アルフさんの言葉に、王弟殿下が下卑《げび》た笑みを見せる。

「売り渋られ、高い金額を取られるのでは？　そして、その金で戦力を整え、我が国に攻め込んできたらどうするつもりです？」

その言葉に、会場の何割かがそうだそうだと言い始めた。

「我が国には幸いにして巫女がたくさんいます。一方、あちらには巫女が少ない。同じ兵力だったとしても、巫女のいる我々が圧倒的に有利でしょう」

ニヤニヤと笑う王弟殿下に、陛下が毅然とした態度で否定の言葉を口にした。

「巫女は我が国の宝だ。他国侵略軍に同行させるわけにはいかぬ」

「陛下、問題ありませんよ。宝となるのは次代の巫女や聖女を産む巫女たちでしょう。子を生《な》さぬ行き遅れた巫女を同行させればいい。そうすれば巫女がこの国からいなくなることはありませぬ」

なるほど、国内にいても子供を産まない巫女なら……という声が会場から聞こえてくる。

何を、馬鹿なことを。なぜ、気が付かないの。それが破滅への一歩だと……

「恐れながら……発言をお許しいただけますか……」

陛下の顔をまっすぐに見て、口を開く。

私は、今、震えている。緊張して震えていた時とは違う。怒りだ。ただただ、怒りが体の中に渦巻いていて。私のような庶民が偉そうに意見するなんて、普段なら絶対にできなかったと思う。だけど、今は……

「許そう」

「許可をいただきありがとうございます。私は二十四歳になります。行き遅れた巫女ですが……いくら国のためといえ戦争には行きたくありません」

私の言葉に、会場が一瞬シーンとなる。

行き遅れ？　二十四歳？

まずはそこに驚かれたようだ。若い娘が着るような明るい色のドレスのおかげで、若く見えていたのだろうか。それともアルフさんが選んだ婚約者が行き遅れということが驚きなのか。

「癒《いや》すのが嫌なのでも、自分が死にたくないのでもありません。私たち巫女は傷ついた人を癒《いや》すのが仕事です。ですから、人が傷つけられるのを見るのは辛いのです。敵だろうが味方だろうが、人が人を傷つける、人が人に傷つけられる――それを見せつけられる戦争には行きたくありません」

怒りに満ちた声が会場から上がる。

「国のために働けないとは、やはりミーサウ王国のスパイかっ！」

「アルフォード様にふさわしくない！」

罵声が次々に聞こえてくる。ああ、ごめんなさい。アルフさんに迷惑を……。だけれど、言わずにはいられなかった。もしかすると迷惑をかけたほうが、婚約破棄というシナリオも自然になるかもしれない。

「戦争以外の道が残されているのに、あえて戦争を選ぶ。自国を守るためではなく他国を蹂躙《じゅうりん》するために兵を差し向ける……その、誰かの野望や欲望のための道具にはなりたくないのです。私は、巫女は……人です。戦争の道具ではありません」

ぽろぽろと涙がこぼれ始める。

「力が及ばず目の前で亡くなっていく人がいれば涙が出ます。自分の力のなさに悔しくて自分を責めます。何日も眠れない日が続きます……」

ミナーシェ様がそっと私の肩に手を置いた。

「そう……ね」

とんとんと優しく背中を叩かれ、少し落ち着く。

「私は、巫女のいないミーサウ王国を見てきました。……もし、巫女を伴いミーサウ王国に攻め込むというのであれば、キノ王国にもじきに巫女はいなくなるでしょう」

私の言葉を、王弟殿下がはんっと馬鹿にする。

「そうはならない。子供を産めない行き遅れ……高齢の巫女を戦地に行かせるのだから、巫女の数が減ることなどありえない」

首をゆっくり横に振り、王弟殿下から視線を外さずに静かに口を開く。

「子を望んでも恵まれない人が周りにいませんか？　誰か思い浮かびませんか？　巫女に生まれたというだけで、子供が産めなければ戦地送りになる……それが当たり前の世の中になったら……誰が、巫女になりたいと思いますか？　誰が、自分の子を巫女にしたいと思いますか？」

会場が再び静まり返る。

「ミーサウ王国の国民は、巫女に対するひどい行いがあったことを忘れていません。巫女は大切にされると言われても、現状信じきれないでいます」

大切にされると言っても、親から引き裂かれ王都に連れていかれる。子供には辛いことだ。それは黙っておく。

「巫女の力があっても、その力を必死に隠している人がいました」

視線を陛下に移す。陛下は口髭《くちひげ》に手を置いて私の話を聞いてくれていた。

それに勇気づけられ、話を続ける。

「巫女の力が自分を不幸にする可能性がある……だったら、力は隠して普通の人として生きたほうが幸せです。一人、二人と徐々に表に出る巫女が減り、気が付いた時には、巫女は激減してしまう。そうして……巫女が減れば、さらに巫女には辛い現実が待っています……」

ばば様が教えてくれた昔の話。私が経験した今の話。思い出しながら口を開く。

「巫女の癒《いや》しを求めて巫女の奪い合いが始まります。私も……ミーサウ王国では何度も攫《さら》われかけました。アルフォード様に危険なところを助けていただいたのです」

嘘ではない。ただ、それが出会いみたいに勘違いした人もいるようだ。何かの物語のようで素敵ねと、一部の女性陣がうっとりとしている。

「癒《いや》しの独占や癒《いや》しの選別が行われるようになり、巫女は救いの対象ではなく、救われなかった者にとっては憎しみの対象になります……」

後ろを向き、頭の傷を隠していた髪をかき上げ、傷跡を陛下に見せた。陛下がはっと息を呑む。

アルフさんは、とっさに手を伸ばそうとしたけれど、視線で大丈夫だと伝える。

会場では小さい悲鳴があがるのが聞こえた。頭の傷跡は私には見えない。けれど、傷を見て、すぐに命にかかわるようなものだと分かる人もいたみたいだ。それは兵なのか、元巫女なのか。

「これが、ミーサウ王国での巫女の扱われ方です。死ぬところでした。キノ王国が、巫女を戦争の道具、子供を生ませる道具として扱えば……巫女は身を守るために姿を隠し、他国へ逃げ、すぐにいなくなります」

お后様《きさきさま》が立ち上がって、私の髪をそっと元に戻した。

「なんてひどい傷……。かわいそうに。若い娘が……」

お后様《きさきさま》にお礼を言って、話を続ける。

「巫女のお茶……それ以外にも、ミーサウ王国には我が国にも益となるものがたくさんございます。ほんの短い旅でしたが、巫女のお茶の他に黒糖や、キノ王国にはない巫女の知恵を知りました」

そっとお后様《きさきさま》の指先を見る。

「爪の色が、少し白いようです。血が足りていない可能性があります。鉄製の鍋で調理された料理を食すとよいそうです」

私の言葉に、お后様《きさきさま》がはっと自分の爪を見る。

「爪の色が黄色い人は、お酒の飲みすぎだそうです。控えなければ早死にすると」

会場の人たちが自分の爪や周りの人の爪を見る。「ほら、あなた、だからあれほどお酒を飲みすぎてはいけないと……」というような声が聞こえてきた。

「爪の色が黒い人は死病を患《わずら》っている可能性があると。本人には自覚がなくとも、体の中で病《やまい》は進行しているのだそうです。痛みを感じているならば、死が近づいている可能性が大きく、早急に上級巫女に見てもらうべきでしょう」

ひぃっと小さな悲鳴が会場のどこかからあがる。

「このように、爪の色を見ただけで分かることがあるというのは、失われつつあるミーサウ王国の巫女の知識です。もし、戦争でミーサウ王国を蹂躙《じゅうりん》すれば……これらの知識は消えてしまうでしょう……。その中には、我が国より進んでいる巫女の癒《いや》しに頼らない怪我や病気の治し方もあります。学ぶべきことがたくさんあります。それはキノ王国にとってもとても大切なことで、また、ミーサウ王国も我が国を必要としています」

私の言葉に、陛下が頷いた。

「戦争ではなく、共存の道を……お考えください。どうか、人々を一人でも多く救いたいと願っている巫女たちのために……。この会場の元巫女の方々の顔を今一度ご覧ください。巫女の花によって癒《いや》しの力を使った元巫女たちの、喜びに満ちた顔を……。私たち巫女は……誰にも命を落としてほしくありません。救いたいのです。ですから、どうか……」

それ以上続けられず、深く頭を下げる。

陛下が口を開く前に、ワシル侯爵が唾を飛ばして叫ぶ。

「腰抜けの言うことなど聞いてはなりませんぞ、陛下！」

「ワシル宰相」

ワシル宰相？

そうか。見たような気がすると思ったら、ミーサウ王国への出発前に私の同行に反対していた宰相。あの時は頭を上げることが許されなかったから、顔まではよく覚えていなかった。この人が……

「今も最前線では命をかけて多くの兵が戦っております。その者たちの犠牲を無駄にするつもりですか？　一刻も早く戦争を終わりにし、彼らの無念を晴らすには今がチャンスなのですっ！　ミーサウ王国に攻め込む、絶好の――」

は？　終戦したのではないの？　いつでもミーサウ王国に攻め込めるように前線はそのまま？

会場がざわめく中、突然ひときわ大きな声が響いた。

「陛下っ！」

カツカツと大きな足音を立てて、一人の人物がまっすぐ歩いてくる。

「ガルン……」

アルフさんの声に顔を上げると、ガルン隊長が階段を上がってきていた。

そして、陛下から三メートルほどの距離を置いてひざまずく。

なぜ、ガルン隊長が？

「何者だ、お前は！　勝手にここまで上がってくるとは！」

ワシル侯爵も、壇上に勝手に上がってきたような気がするけれど、知らない間に許可を取ったのだろうか。

「ファシル侯爵が第一子ガルンと申します。現在はミーサウ王国との国境沿い――今し方、宰相がおっしゃいました、最前線の駐屯地で隊長職を拝命しております」

「ふむ、なるほど。確かに、最前線の様子も聞かねばならぬな」

陛下がワシル侯爵を一瞥《いちべつ》して制する。

「我々は、国民の命を脅《おびや》かすような存在には命をかけて立ち向かいます。ですが、現状それは山賊や熊などの害獣でございます。ミーサウ王国の兵が我が国に攻め込むことはありません。送った斥候《せっこう》からの報告によれば、ミーサウ王国の兵たちも似たような状況です……つまり」

ガルン隊長がいったん言葉を切る。

「攻め込まれれば守るために戦うが、こちらから攻め込みわざわざ犠牲者を増やすつもりはない……と」

「はっ、犠牲者を増やしたくないだと？　陛下、聞きましたか？　臆病者だと自分で宣言したようなものではありませんか！　こんな腰抜けが隊長じゃぁ、勝てる戦争も勝てませんな。新しく勇敢な者を据えて、そしてミーサウ王国に――」

「ガルン隊長は臆病者じゃありませんっ！」

ワシル侯爵が隊長を馬鹿にした発言を聞いて、反射的に叫んでしまった。

何も知らないくせにっ！

思い切りワシル宰相の顔を睨《にら》みつける。

「黙れ、勝手な発言をするな。お前はアルフォードと婚約したとはいえ、まだ庶民なのだぞ！　すでに貴族になったつもりか？　思い上がるな！」

悔しい、悔しい！

ガルン隊長を臆病者と言われ、悔しくて唇をかむ。

アルフさんが陛下に顔を向けた。

「陛下、ハナに自由に発言する許可を。私も、ともに学舎で学んだガルンが臆病者だと言われたくはありません」

「許す」

陛下の許可の後に、どこからか舌打ちが聞こえた。王弟殿下からだ。

「ガルン隊長の胸には、大きな傷跡があります。……心臓の上に……。子育て中の獰猛《どうもう》な母熊から、部下を守るためについた傷です。自分の命を顧《かえり》みずに人を守れる、勇敢な人です。臆病なはずがありませんっ」

「本当か？」

陛下が問うと、ガルン隊長が黙って服のボタンを外し、胸の傷を見せた。心臓の上から お腹まで走る熊の爪痕。

「ああ」

お后様《きさきさま》が顔を覆った。人によっては醜いと目を背《そむ》けてしまうほどの傷跡だ。

「アルフォード、すまない。婚約発表の場で……ハナは、なぜガルンに傷があるのを知っている」

会場がざわざわしている。ああ、そうか。殿方の服に隠れた傷を知っているというのは、服を脱ぐ場面にいる必要があるんだ。

アルフさんの顔を見る。

目的は、陛下派と王弟派を集め、ミーサウ王国の価値を説き、戦争の愚かさを伝えること。王弟派の戦争推進の芽を確実に摘むこと。そのために婚約者のふりをしたのだから、もう私の役割は終わり。婚約解消することを今発表すれば丸く収まる。

私が浮気したという理由であれば、アルフさんにも公爵家の方々にも迷惑はかからないだろう。

「あの、私は……」

とまで言って、ふと気付く。あれ？　これだと、ガルン隊長が悪者になっちゃう？

どうしようと迷っていると、ガルン隊長が私を見て口を開いた。

「この傷を負った時、まだ森には狼や危険な獣《けもの》がいるのに、森の中に駆け付けてくれました……ハナは——ハナ巫女は、兵の傷を癒《いや》すために戦争に付いてこいと言われれば、躊躇《ちゅうちょ》せずに付いていきます。そういう巫女です。一人でも多くの人を癒《いや》すために、自分の命を削って……いることが当たり前になるほど、俺たちを助け続けてくれました」

隊長……。

「陛下……国のために戦う覚悟はあります。ですが、その戦いで巫女を犠牲にするというのであれば、俺は……巫女たちのために戦います」

そう言ってガルン隊長がワシル宰相を睨《にら》みつけた。

巫女のために……戦う……。ああ、ガルン隊長らしい。ありがとう、ガルン隊長。

気付けば、会場はシーンと静まり返ってしまった。

なぜ？　ガルン隊長の言葉は受け入れられないということなのだろうか……

不安に思っていると、小さくぱちぱちと拍手が起きた。

それはミナーシェ様の手から始まった。そして、巫女のお茶を飲んだ元巫女、元巫女たちと親しい人と続き、あちらこちらから拍手が起きて……

会場が拍手に包まれた。

「うむ……」

陛下が壇上の中央に立った。

「正式な降伏状が届き次第、ミーサウ王国とは和平の道を話し合おうと思う。巫女のお茶はぜひとも欲しい。ワシの、足の痛みのためにもな！」

そこで、笑いが起こった。

「これで、ハルトゥも分かったであろう。戦争を望む者が少ないことが。なぜお前はそんなにもミーサウ王国との戦争を望む？　もしや、戦争の混乱に乗じてワシの首でも狙うつもりか？」

ぎくりと、王弟殿下が身を固くする。

「冗談だ。……それから宰相、現在の最前線の戦況も知らなかったというのは勉強不足ではないのか？　宰相の職は重すぎるようだな」

今度はワシル侯爵が顔を青くした。

「人事を一新する必要がありそうじゃ。アルフォード、将軍職で忙しい上に、結婚の準備も加わり時間が取れぬとは思うが、相談に乗ってもらえぬか」

陛下の言葉に、すぐさまアルフさんがにこりと笑って答えた。

「もちろんでございます、陛下。このような場で申し上げるのはふさわしくはありませんが……キノ王国とミーサウ王国にはやり病《やまい》が広がり、国力が落ちていることは周辺諸国の耳にも入っているようです。二国の争いに乗じて攻め込む計画がないとも限りません。ミーサウ王国との和平は周辺諸国へのよい牽制にもなりましょう」

「うむ。うむ」

陛下がアルフさんの肩を右手で叩き、私の肩に左手をのせ、私たち二人を近づけた。

「よい女性を見つけた。心より、二人の婚約を祝福する。異論のある者はないか？」

陛下の凛《りん》とした声が会場に広がる。

「婚約おめでとう！」

割れんばかりの拍手が起きる。

え？　あれ？　ちょっと、待って。すごく祝福されてるけど、大丈夫なのだろうか……。

これ、ふりなんだけど……

「ハナよ。これからも、巫女の立場でいろいろと意見を聞かせてほしい」

　陛下の言葉にぎょっとする。わ、私なんかが、陛下に意見って……。巫女としての大先輩たち――ミナーシェ様からご意見を、と言おうとしたものの、それはそれで嫌ですって拒否していることになっちゃうかと思い口をつぐむ。

「さぁ、これから忙しくなる。ミーサウに派遣する人選もせねばならぬ。先に失礼させてもらうが、皆は心行くまで若き二人を祝福してやってほしい！　シャーク、後は任せたぞ」

　と言って、陛下はお后様《きさきさま》とともに帰っていった。

　王弟殿下の目が怖い。ワシル侯爵は宰相の任を突然解かれ、茫然としている。

「ワシル、帰るぞ」

「は、はい。殿下」

　二人の後を数人の貴族が追っていった。数にして五、六名。王弟派と呼ばれるのは彼らだろうか？　もっと大きな派閥だと思っていたけれど、案外少ない？

「ふっ。ハナ、よく言ってくれた。巫女がキノ王国からいなくなるという話は、さすがに衝撃的だったようだ」

　公爵様がミナーシェ様とともに壇上に上がってきた。

「戦争推進派だった者が寝返ったようだよ。ふふふ。ワシル侯爵が宰相の座を失ったのは棚から牡丹餅《ぼたもち》だな。これで、王弟派もおとなしくならざるを得ないだろう」

出ていく王弟殿下たちを見て、公爵様が声を潜《ひそ》めて教えてくれた。

王弟派が少ないと思ったのは、減ってしまったからなのか……

「お役に立ててよかったです」

ふっと緊張の糸がほぐれ、急に体から力が抜けた。

「あっ」

膝ががくんとなってふらつく。

「ハナっ」

「ハナさんっ」

右側から伸びてきたガルン隊長の太い腕に支えられる。

そして左から伸びてきたアルフさんが私の腕を取った。

「ガルン……」

「あ、いや、すまん。ハナは、もうお前の……婚約者だったな……。ハナを支える手は俺じゃない……」

ガルン隊長が私の体をとんっとアルフさんに押し付けた。

ゆっくりと、ガルン隊長の手が離れていく。

「お騒がせしてすまなかった！　陛下の許可もいただけた。どうか、我が息子アルフォードと、勇敢なる巫女ハナの婚約を祝福してほしい」

公爵様が視線を送ると、楽団が音楽を奏でだした。会場では色とりどりのドレスが舞い、テーブルに並べられた食事やお酒を楽しむ人たちが笑顔で語り合う。

私とアルフさんは壇上の椅子に並んで座り、次々にお祝いの言葉をかけられる。

私は上の空で……。ただ、ひきつった笑顔でお礼を述べ続けていた。

簡単に引き受けてしまった偽の婚約者役。目の前に来てくれた人、この人も、あの人も、その人も、皆を騙《だま》しているんだ……ということが心苦しくなってきた。

ガルン隊長も……騙《だま》しているんだ。もう、あの手を私に……伸ばしてはくれない……はぁ。親離れできない子供みたいだ。私。

会場を見渡して、ガルン隊長の姿を探す。いない。いない。私の家族は……もう、誰も。

婚約披露パーティーは半日続き、陽が暮れかけたころに解散となった。

「ハナさん、疲れた顔をしています。大丈夫ですか？」

「あ、ええ」

「無理させてしまいましたね、ずいぶん顔色が悪い」

アルフさんのエスコートで部屋に戻り、すぐに椅子に座らされた。

「あの、ごめんなさい。皆さんが心からお祝いしてくださっているのに、実は嘘なんだというのが、その、ちょっと心苦しくなってしまって……」

アルフさんが私の前に膝をついて手を取る。見上げるようにしてアルフさんが私の顔を覗《のぞ》き込んだ。

「では、いっそ、本当にしてしまいますか？」

「え？　あの、言っている意味が……」

「嘘が心苦しいのであれば、本当のことにしてしまえば、苦しくなくなるかもしれませんよ」

アルフさんの目は冗談を言っているようには見えない。

本当のことにする？　それは、本当に婚約するっていうこと？　ふりでなく婚約するってどういうこと？　結婚は……しない、婚約破棄が前提の本物の婚約なのかな？

でも、婚約者のふりと、本物の婚約者ってどう違うの？

まさか、結婚を前提とした婚約をするっていうことではないよね？

だって、アルフさんは公爵子息だし……将軍だし……私は、行き遅れの元下級巫女でしかないし……

ぐるぐると考え込んでしまい、どう返事をしていいのか分からない。

そんな時、トントントンと、ノックの音が響く。

「ガルン様がお二人にお会いしたいと……」

侍女の声には戸惑いの色があった。

婚約披露パーティーの後に、招待客が会いに来るなどあまりないのだろう。たとえ、友人といえど。

「ハナさん、通してもいいですか？」

アルフさんの言葉に、動きが止まる。

ガルン隊長がなんで？　どうして？　でも大事な話があるのかもしれないから……

「はい」

入室を許可する声を聞いて、すぐに侍女が扉を開けた。

ガルン隊長が、アルフさんの正面に立つ。

「アルフォード、すまない。一つだけハナに確認しておきたいことがあるんだ」

「なんだ？　まさか、我が聖女に愛の告白でもするつもりか？」

アルフさんのからかいに満ちたセリフは、どこか真剣味がある。

「それは、ハナの返答次第だ」

ふっと笑って、ガルン隊長はアルフさんに答えた。

「ハナ、お前は幸せなのか？　パーティーが始まるまでは確かに幸せそうな顔をしていた。だが……その顔が次第に曇っていっただろう？」

あ。ガルン隊長の姿は見つけられなかったけど、ずっと私を見てくれていたんだ。

ポロリと涙が落ちる。

「なんだ、なんで泣くんだ？　ハナ、お前は幸せじゃないのか？　アルフォードのことがずっと好きだったんだろ？」

はい？

「え？　ハナさんが、私のことを？」

「ち、違います、ごめんなさい、嘘です、全部……っ！」

「「嘘？」」

アルフさんとガルン隊長の声が重なった。二人の目が私の顔を凝視している。

あ。いや、どうしよう。

「あの、私、巫女の力を失うのが怖くて、それで結婚するつもりがなかったのに、結婚しないのかと言われるのが嫌になって……駐屯地では氷の将軍が好きなんだと嘘をついてました」

気まずくて、視線を逸らしながらしどろもどろになって説明する。

アルフさんががっかりしたように肩を落とした。

「ごめんなさい、その、勝手に名前をお借りして……」

ぺこりと頭を下げる。

「な、なんだ？　じゃあマリーゼに頼まれて、アルフォードとハナを会わせたのがきっかけで好きになったのか？」

「え？　私、偶然アルフさんに何度か会いましたけど、氷の将軍としてのアルフさんに会った記憶はありませんよ？」

首を傾げると、アルフさんがポンッと手を打った。

「まさか、あれか！　ガルン、お前から王城の東屋《あずまや》に来てくれという手紙が届いたのは、ハナさんと引き合わせるために……」

東屋《あずまや》？

「ああ！」

マリーゼがなんとしても私と氷の将軍を会わせてみせるって言ってたあれ、成功してたんだ。確かに、キノ王国の王城の東屋《あずまや》でアルフさんと会った。そっか。呼び出されて行ったけど、その相手がアルフさんだったんだ。

「ガルン隊長も、マリーゼも、まさか私が氷の将軍の顔を知らないなんて思わなかったんですね……」

ガルン隊長が頭を抱えた。

「なんだよ、そうだったのか。余計なことしちまったな……。って、まぁそんな昔のことはいい。今聞きたいのは、ハナの気持ちだ」

私の気持ち？

「この婚約に後悔はないか？　どんどん辛そうな顔になっていったのは、何か後悔があったからなんじゃないか？　もし、婚約を取りやめたいのなら……」

あ、婚約はふりだって、ガルン隊長は知らないんだ。

「俺が悪役になってやる。ハナ、来い！」

ガルン隊長の手が、私に差し出された。

「た、隊長……」

私が辛い思いをしてるなら、私を助けるために悪役を買って出てくれるの？　まだ、私に手を伸ばしてくれるの？　嬉し涙でその手がにじんで見える。

「私、よかった。隊長に、また手を伸ばしてもらえる……」

「ハナ」

ガルン隊長の手に手をそえた。

「ハナさん、あなたは隊長のことを……」

アルフさんのかすれた声が聞こえる。

「私、家族も友達も……小さなころにすべて失いました。だから、十五歳から十年……ずっと一緒にいてくれたガルン隊長が、いつの間にか……」

耐えきれなくなって、ガルン隊長に飛びついてぎゅっと抱き着いた。

「お父さ――兄みたいな存在になってたんです。もう、手を差し伸べてもらえないのかと思ったら、悲しくて……」

「あ、あ、兄？」

ガルン隊長の気の抜けたような声。それから、アルフさんの笑い声が聞こえる。

「ぷっ。いや、その前に、お父さんってハナさんは言おうと……くっ、くくっ。ガルン、いや、そうか、ガルンが私の義父……ぷぷっ」

「アルフォード……そうまで言うなら、娘は嫁にやらんっ。ハナが欲しかったら俺を倒してからにしろっ！」

ガルン隊長が私を背にかばうようにして前に出て、腰を落として構えた。

「ふっ。体術では分が悪いな。だが、仕方がない」

アルフさんが首を左右にこきこきと鳴らして、同じく構えを取る。

えー、ちょっと、待って、何、この茶番劇！

「アルフさん、楽しんでますよね？　ガルン隊長に、国王派と王弟派を集めるための偽の婚約披露パーティーだって説明してください。それからガルン隊長も、ごめんなさい。お父さんなんて思ってないです。お兄さんっていうか、家族です。なんか、その、大切な人ですっ！」

と、思わず大きな声を出してしまった。アルフさんは、いたずらがばれてしまった子供のような顔を見せる。

もしかしたら、二人は学生のころからこんな感じで冗談を言い合ったりじゃれ合ったりして楽しんでいたのだろうか？　アルフさんはガルン隊長のこと嫌いだと言っていたけれど、本当に仲良しなんですね。

「え？　いや、待ってくれ、ハナ、どういうことだ？　お前、アルフォードと婚約したんじゃ……」

ガルン隊長が私とアルフさんの顔を交互に見た。

「ハナさんは協力してくれたんですよ。婚約者役を買って出てくれました」

「あの、婚約破棄されたとなると女性側に傷がつくでしょう？　私なら行き遅れだし、傷がついて結婚できないとかそういう心配もしなくていいし、それに……戦争をなくすために何かできたのだから、とても嬉しい」

笑ってガルン隊長を見ると、ガルン隊長は複雑な表情を浮かべて、私の頭を撫でた。

ああ、大きな手。いつものガルン隊長の温かくて優しい手だ。

「馬鹿、私ならなんて言うな。結婚できないわけないだろう。俺がいる」

ん？　家族として私の嫁ぎ先を探してくれるっていうことなのかな？　……うーん、別に本当に結婚にはこだわりはないんだけどなぁ。

すると、アルフさんがガルン隊長の肩を叩いた。

「勝負には負けない。ガルン、お前には勝つからな」

「はっ。王都でぬくぬくしていたお前と、前線で奮闘していた俺と、どちらがこの数年で成長したかな？」

二人が視線をぶつけ合っている。

……えーっと、男同士の友情ってこんなもの、なんですよね？

「ほら、ハナ、行くぞ」

ガルン隊長が私に手を差し出した。行く？　どこへ？　駐屯地へ戻るの？　私にはもう巫女の力はないのに。

「我が聖女、お手をどうぞ」

アルフさんも手を差し出してくる。ガルン隊長と比べてとても優雅な仕草で。でも、もう婚約者のふりはしなくていいんだよね。

手を差し伸べてくれる人がいる。

だから、私は……前に進める。

巫女の力を失っても……

「私……」

手を差し出している二人にくるりと背を向けて、ドアに向かって歩き出す。

「あの、すみません、ドレスを脱ぐのを手伝ってください。いつものワンピースに着替えて、旅の準備をしようと思います」

侍女にぺこりと頭を下げてお願いする。

「ハナさん、旅とは？」

「ハナ？　お前、旅って、どこへ行くつもりだ？」

どこへ？

私が、誰かの役に立てる場所へ――

書き下ろし番外編

# 帰路

「なぁ、ハナ……そろそろ帰らないか？」

ガルン隊長の言葉に、目の前で元巫女たちがミーサウ王国の新人巫女らに指導している姿が目に入る。ミーサウ王国では、巫女の待遇改善が行われたため、今まで隠れ住んでいた癒《いや》しの力を持つ者たちが少しずつ表に出てくるようになった。

キノ国の力を失った元巫女は彼女たちの指導のため、一か月前にミーサウ王国に一緒に来た。

「えっと、そうですね。彼女たちに任せれば大丈夫でしょうね。帰国しましょうか？」

なぜか、護衛にガルン隊長が来てくれている。本当に、なぜかなのだ……

一か月ほど前のことを思い出す。

「アルフ、お前は国でやることがたくさんあるだろう、俺が護衛するから問題ない！」

「ガルンこそ、隊長としての仕事があるでしょう？」

「それこそ問題はない。クズ宰相が罷免《ひめん》されたことで、新しい宰相はよく目を配ってくれてな。前線と呼ばれていたあの場の扱いも変わった。むしろ、俺は暇になってやることがないんだ」

「だったら、私の仕事を差し上げますよ。ハナさんの護衛は婚約者である私がします」

と、なぜかガルン隊長とアルフさんがミーサウ王国へ行く私と元巫女たちの護衛に、どちらが付くかでもめ始めた。

「二人とも、大丈夫よ。聖女候補だったルーシェとミーサウ王国に行った時も護衛は数名だったんだから。今回は巫女さえいないのよ？」

その言葉に、アルフさんが私の手を取った。

「何を言っているんですかっ！　私の大切な婚約者を危険な目にあわせるわけにはいきませんっ！」

アルフさんの偽の婚約者だけどね。……ちょうどそろそろ半年だ。半年の間、アルフさんは本物の婚約者のように私を扱ってくれた。陛下たちを騙《だま》したと思われないよう完璧に偽装しようとしてくれているのだろう。だから時々、本当に私はアルフさんの婚約者なのかもと錯覚することがあるくらいだった……

「婚約は偽装だろ？　そろそろ婚約解消に向けて動いたっていいはずだ。それなら、護衛と恋に落ちて婚約解消なんて筋道は最適だと思うがな？」

ガルン隊長が、私の肩を引いて自分の後ろに隠すように位置を変えた。

「はぁ？　ガルン、ハナさんが浮気をするような女性であるわけないでしょう！」

アルフさんが不快そうな目をガルン隊長に向け、言葉を続けた。

「ハナさんに不名誉な汚名を着せるわけにはいかない！」

「大丈夫、美談になるさ。最前線で苦楽をともにした隊長が護衛として現れ、再び一緒に過ごすうちに、本当の気持ちに気が付いた……って筋書きはどうだ？　好きだろう？世間はそういう、一度は引き裂かれた二人が結ばれるって話」

ちょっと、どうしてそういう話になってるんだろう？

「た、確かにアルフさんが二人の気持ちを尊重して身を引いたということにすればアルフさんの評判は上がるでしょうけど、ガルン隊長の名誉が傷つきますっ！　だいたい思いあってたなんて嘘、すぐにばれますよ。前線にいた人は皆知ってますから。私と隊長がそんな関係じゃなかったって！」

慌てて二人の間に立って訴える。

ガルン隊長が私の髪を一房すくいあげた。

「俺が怪我すればすっ飛んできてくれたのは誰だ？」

「それは、いつも無謀なことばかりして怪我だらけだったからじゃないですかっ！」

「俺が、他の巫女のところに全然足を運ばなかったのも隊員は皆知ってるしなぁ。あの時のあれはそうだったのかって、勝手に解釈してくれると思うけど？」

にやりとガルン隊長が笑った。

そんな理由じゃないって分かってる。……単にガルン隊長は、長年勤めてたから私には気を使わなくて楽だとか……それだけだったって。

アルフさんが私の腰を引き寄せた。

「私が二人を引き裂いた悪役か？」

「悪役になりたくないなら、俺が悪役になろう。俺がずっと思っていたから無理やり奪ったって筋書きはどうだ？」

ガルン隊長が私の腰に回っていたアルフさんの腕をつかんだ。

二人が顔を近づけて睨《にら》み合っている。

「だ、駄目です！　悪役になるなら私が。ミーサウ王国から戻りたくないからって理由はどうでしょう？　国を出ちゃうなんてすごく悪役ですよね？」

我ながらいい理由かもしれない。巫女の力がほんの少し回復しているし。お茶の力を使えば、体力のない赤ちゃんが熱で亡くなるのを防ぐくらいはできるようになったから……。巫女の少ないミーサウ王国なら、こんな力の弱い元巫女でも少しは役に立てるんじゃないだろうか。

「「それは駄目だ！」」

ガルン隊長とアルフさんが声をそろえて私を見た。息が合っていて仲がいいですよね。

婚約解消のシナリオを、こんなに真剣に話し合うなんて……

でも、私がミーサウ王国に残るのっていいアイデアだと思ったんだけどなぁ。二人で声をそろえるくらい駄目なのはどうしてだろう？　あ、もしかしたらミーサウ王国が元巫女を奪ったみたいな噂が立つ可能性があるから？　いやいや、元巫女の希望者を派遣することになったと、両国の話し合いで決まったはずだけれど……。首を傾げる。


結局、護衛はガルン隊長でもアルフさんでもなく、ミーサウ国で過ごしたこともあるマーティーが抜擢された。他に二十名ほど。

順調に馬車で国境まで向かうと、国境の向こうではミーサウの騎士たちが五十名ほど並んで待っていてくれた。

「遅かったな。こっから先の護衛は俺に任せろ、マーティー」

「ガ、ガ、ガルン隊長がどうしてっ！」

マーティーの声に、私は馬車から慌てて飛び降りてガルン隊長のもとへと向かう。

「ははは、働きづめだったからな。長期の休みをもらってミーサウ観光だ！」

どや顔をして見せるガルン隊長と、困った顔のマーティー。

「来い、ハナ」

ガルン隊長が私に手を差し出す。

反射的に手をそえると、そのまま馬に乗せられた。私が前で後ろに隊長。

「じゃあ、行くぞ！」

ガルン隊長の言葉に、ミーサウ王国の騎士たちが馬車を囲むと、馬車は動き出す。

私とガルン隊長は馬車の前を馬で移動。

「隊長、どうして……休みを取ってミーサウ観光なんて嘘ですよね？」

ガルン隊長がぐっと私に体を寄せる。ただでさえ馬に二人で乗っていて背中に隊長の体温を感じているのに、さらにぴたりとくっついた。

「奪いに来た」

ガルン隊長が私の耳元で低い声でつぶやく。

「アルフから……ハナを奪いに」

少しかすれた、喉に張り付いたような声にドキリとする。

緊張を含んだ声。いつものからかうようなガルン隊長の言葉じゃなくて真剣だ。

「ハナ……好きなんだ……」

まるで愛の告白のような言葉に、きゅっと体に力が入る。

ガルン隊長が、私の……こと？　そんなこと……あるはずがない。

勘違いしそうな自分が恥ずかしくなって、顔が赤くなる。

「そんなに、好きなんですね……アルフさんのことが……」

私の言葉に、ガルン隊長の体が少し離れる。

「は？」

「自分が悪役になるために来たんでしょう？　アルフさんを悪役にしないために……」

そう。二人はとても仲良しだ。きっと、アルフさんが泥をかぶらないように、自分が悪役を引き受けるつもりなんだ。……しかも、アルフさんには言わずに。仕事を休んで、こっそり来たのだろう。

「なんで、そうなるんだ！」

「駄目ですよ、きっとアルフさんだってガルン隊長のこと好きですよ。大切な友を悪役にしたいわけないです」

「あのな、友だからこそだ。だから、なんていうか、大丈夫なんだ。どちらが勝者になろうと後腐れなく付き合いは続けられる」

勝者？　なんだか会話が食い違ってる？

「とにかく、私はガルン隊長のこと好きです」

「はぁ？」

ガルン隊長がぐっと手綱《たづな》を引いたものだから、馬がびっくりして前足を上げた。

ガルン隊長が馬から落ちないように私の体を強く抱きしめる。片手で私を抱き、もう片方の手で手綱《たづな》を握り、馬を落ち着かせて街道から逸れた。

「すぐに追いつく。先に行ってくれ」

護衛たちに声をかけた後、ガルン隊長は私を抱きしめたまま馬から下りた。

力が強いからできることなのだろう。さすがだなぁ。ガルン隊長。ふと前線で治療する時に見たガルン隊長の裸を思い出す。誰よりも鍛え上げた綺麗な筋肉をしていた。

「ハナ、俺のこと、好きって、そう言ったよな？」

「はい。ガルン隊長は私が背にしていた大木に手をついて、私を挟み込んだ。

ガルン隊長のこと好きです。アルフさんのことも」

「……は？」

「だから、ガルン隊長にもアルフさんにも悪役になってほしくないんです。私が悪役になります。あ、ほら、悪役令嬢って小説にあるんですよね？　あんな感じで……えーっと、例えばミーサウ王国に渡った元巫女たちをいじめていたとか、そんな非道なことをする女とは婚約を破棄する！　という流れとかどうでしょう？」

ガルン隊長が私の肩に顔を埋《うず》めてしまった。

「なんだよ、それ……」

「あ、知りませんか？　悪役令嬢というのは物語の主人公をいじめる女性のことで、そう呼ばれていて」

「いいよ……俺が悪役で……」

「だめで……」

私の言葉が終わらないうちに、ガルン隊長が私の唇をふさいだ。

こ、これって……まさか、キス？

驚いて目を見開く。

ガルン隊長は私にキスをした唇を離すと、すぐに再び唇を合わせてきた。

「ちょっ、だ、駄目です……っ」

次に唇が離れた時に、両手でガルン隊長の胸を押す。

「奪わせてくれ……ハナ……」

「隊長？」

ガルン隊長の表情は苦痛に満ちているように見える。

「責任は取るから……だから……俺のところへ戻ってきてくれ……」

何がそんなに辛いの？　私のことを悪役にすることが？　それくらいには、私のこと大切に思ってくれてるんだ。

そう思うと胸が熱くなる。戻ってきてくれなんて。

家族を失った私に、帰る場所を作ってくれるガルン隊長の気持ちが嬉しくて。

「戻っていいんですか？」

「もちろんだ」

「悪役令嬢として婚約破棄されたら、前線に……戻ってもいいんですね……？」

ガルン隊長が「長期戦は覚悟の上だ」とつぶやいた。

「帰りましょう……」

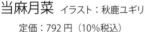

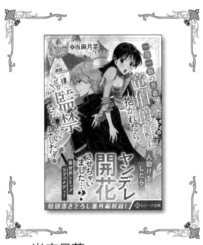

本書は、2020年12月当社より単行本として刊行されたものに書き下ろしを加えて文庫化したものです。


この作品に対する皆様のご意見・ご感想をお待ちしております。

おハガキ・お手紙は以下の宛先にお送りください。

【宛先】

〒150-6019 東京都渋谷区恵比寿4-20-3 恵比寿ガーデンプレイスタワー19F
（株）アルファポリス　書籍感想係

メールフォームでのご意見・ご感想は右のＱＲコードから、
あるいは以下のワードで検索をかけてください。

アルファポリス　書籍の感想　検索

ご感想はこちらから

レジーナ文庫

# 下級《かきゅう》巫女《みこ》、行《い》き遅《おく》れたら能力《のうりょく》上《あ》がって聖女《せいじょ》並《な》みになりました２

富士《ふじ》とまと

2024年6月20日初版発行

文庫編集－斧木悠子・森 順子
編集長－倉持真理
発行者－梶本雄介
発行所－株式会社アルファポリス
〒150-6019 東京都渋谷区恵比寿4-20-3 恵比寿ガーデンプレイスタワー19階
TEL 03-6277-1601（営業）　03-6277-1602（編集）
URL https://www.alphapolis.co.jp/
発売元－株式会社星雲社（共同出版社・流通責任出版社）
〒112-0005 東京都文京区水道1-3-30
TEL 03-3868-3275
装丁・本文イラスト－Shabon
装丁デザイン－AFTERGLOW
（レーベルフォーマットデザイン－ansyyqdesign）
印刷－中央精版印刷株式会社

価格はカバーに表示されてあります。

落丁乱丁の場合はアルファポリスまでご連絡ください。

送料は小社負担でお取り替えします。


ISBN978-4-434-34032-1 C0193